Carola Clasen
Novembernebel

Von der Autorin bisher erschienene Bücher bei KBV:

»Novembernebel«
»Das Fenster zum Zoo«
»Tot und begraben«
»Auszeit«
»Schwarze Schafe«

Carola Clasen wurde 1950 in Köln geboren. Nach einem Sprachenstudium arbeitete sie bis zu ihrer Heirat in Belgien. Später veröffentlichte sie zahlreiche Kurzgeschichten im Rundfunk. 1998 erschien ihr erster Eifel-Kriminalroman »Atemnot«.

Carola Clasen

Novembernebel

KBV
KRIMI

1. Auflage November 2001
2. Auflage November 2005

Telefon: 0 65 93 - 99 86 68
Fax: 0 65 93 - 99 87 01
www.kbv-verlag.de
E-Mail: info@kbv-verlag.de
Umschlagillustration: Ralf Kramp
Druck: Grenz-Echo AG, Eupen
www.grenzecho.be
Printed in Belgium
ISBN 3-934638-93-7

Mein besonderer Dank gilt Ralf Kramp,
der dieses Buch aus dem Feuer holte.

1. Kapitel

Norbert Zehren tötete für Geld. Einer musste es tun, wenn nicht er, dann ein anderer. Im Grunde war es ein Beruf wie jeder andere, wenn man kein sentimentaler Typ war, und das war er nicht. Schließlich waren die, die ihm ins Messer liefen, auch selbst schuld. Sie hatten jemanden provoziert, das hätten sie nicht tun sollen. Er reagierte nur darauf.

Er hatte rechtsrheinisch in der Kanzlei eines Anwaltes als Referendar angefangen. Viele verzweifelte Fälle wurden dort angeschwemmt, die aufgrund der komplizierten deutschen Rechtsprechung meist genau so verzweifelt die Kanzlei wieder verließen. Die Liste war lang und wurde täglich länger. Svenja Winter, die Sekretärin, konnte ein Lied davon singen. Sie telefonierten oft miteinander. Sie verwahrte seine Visitenkarten in einer Schublade und steckte sie denjenigen zu, die offensichtlich dringend Hilfe benötigten.

Norbert Zehren hatte nicht die Seiten gewechselt. Seine Arbeit begann jetzt da, wo die des Anwaltes aufhörte. Er gab diesen aussichtslosen Fällen die Freude am Leben zurück. Das plötzliche »Fehlen« einer Person löste eine Menge Probleme.

Der Name Norbert Zehren wurde mit der Zeit ein Geheimtipp und stand für gute Arbeit. Er war ein Dienstleister, Mord war sein Service. Aufträge, die darauf hinausliefen, der Zielperson einen Denkzettel zu verpassen und nur Angst und Schrecken einzujagen, lehnte er grundsätzlich ab. Er machte keine halben Sachen. Die Gefahr der Wiedererkennung war viel zu groß. Er war nicht umsonst kein einziges Mal während seiner zweiten Laufbahn aufgefallen, er stand in keiner Datei und hinterließ nie Spuren. Er war ein Ass. Seine Markenzeichen waren ein kleiner, roter Schnäuzer – trotz braunem Haupthaar – und ein schwarzer Jeep. In einer Großstadt wie Köln gibt es viele mit roten Schnäuzern und schwarzen Jeeps. Auffälligkeit am richtigen Platz; für ihn nur eine Frage des richtigen Moments. Die, die ihn sahen, bewusst sahen, konnten hinterher nicht mehr darüber reden. Ansonsten war er ein eher unscheinbarer Mann und selbstverständlich alleinstehend, was nicht heißen soll, dass er nicht manchmal die Dienstleistung einer Dame in Anspruch nahm. Jeder braucht von Zeit zu Zeit eine streichelnde Hand, auch ein harter Kerl wie Norbert Zehren.

Er arbeitete mit dem alten Jagdmesser seines Vaters, der eines Morgens bei Sonnenaufgang im volltrunkenem Zustand vom Hochsitz gefallen und nicht mehr aufgestanden war. Er war ein leidenschaftlicher Jäger gewesen und im Besitz einer Jagd im Bergischen Land. Er jagte Wildschweine, denen er nach dem Anschuss mit dem Jagdmesser den Gnadenstoß gewährte. Das Jagdmesser hatte einen Griff aus Elfenbein und steckte gewöhnlich in einem Schaft aus dunkelbraunem, glänzenden Sattelleder. Norbert Zehren trug es in die Unterseite seines linken Ärmels im Jackenfutter eingenäht. Die Klinge war blank, schmal und natürlich ungeheuer scharf und hinterließ einen sauberen Schnitt.

Norbert Zehren hatte die Jagd, das Haus und das Auto seines Vaters verkauft, behielt als einzige Erinnerung an ihn das Jagdmesser und wechselte den Beruf.

Sein Terrain war Köln.

Ein neuer Auftrag jedoch sollte ihn in die Eifel führen, in die Südeifel, nach Trier. Dort war er noch nie gewesen. Es war gefährlich, in einer Gegend zu arbeiten, in der man sich nicht auskannte. Er hatte mit dem Gedanken gespielt, abzulehnen, aber er brauchte dringend Geld, und das Angebot der vornehm klingenden Dame aus Marienburg war großzügig.

Ihr Anruf war gestern Vormittag gekommen und hatte ihn aus dem Bett einer schwarzhaarigen Schönheit geholt. Für eine Dusche blieb keine Zeit, also verteilte er reichlich After Shave auf seinem Oberkörper und zog sich an. Er sah ihr sofort an, dass sie eine besondere Kundin war. Sie schien allein in der großen Villa zu wohnen, allein mit ihrer Schwägerin, der sie aus irgendeinem Grund den Tod wünschte. Er fragte nicht, warum. Das war nicht seine Aufgabe.

Er brauchte nur Informationen zur Zielperson.

Frau Kirschbauer war zierlich, aber resolut, und wusste, was sie wollte. Sie wollte den Tod ihrer Schwägerin, Julia Kirschbauer, am 6. November für dreißigtausend Mark. Und sie wusste auch, wie es geschehen sollte. Er brauchte nicht sein Jagdmesser dazu. Julia Kirschbauer litt an einer schweren Angina Pectoris. Sie würde keine drei Tage ohne ihre Medikamente überleben.

»Meine Dame«, hatte er zu Bedenken gegeben, »den Tod abzuwarten ist viel gefährlicher als ...«

»Ich will es so«, hatte sie befohlen, mit einer harten Stimme, als schlüge sie zu.

»Es ist Ihre Tote.«

»So ist es.«

Ein glatter Stich wäre ihm lieber gewesen, aber bei dreißigtausend Mark konnte er nicht wählerisch sein.

Nach einer Pause fügte Frau Kirschbauer hinzu: »Sie hat einen Hund dabei. Den Hund will ich ebenfalls nicht wiedersehen.«

Norbert Zehren nickte.

Dann übergab sie ihm ein Foto und nannte ihm Uhrzeit und Aufenthaltsort am besagten Tag, nämlich um halb acht in der *Akademischen Buchhandlung* in Trier.

»Wieso ist die Buchhandlung um diese Uhrzeit nicht geschlossen?«, fragte Norbert Zehren.

»Sie ist ... Schriftstellerin, jedenfalls gibt sie sich dafür aus. Sie wird dort eine Lesung machen. Und danach nach Köln zurückfahren. Das ist der Moment, wo Sie zupacken sollten.«

Normalerweise ließ er sich nicht vorschreiben, wann er seine Arbeit auszuführen hatte, aber diese kleine entschlossene Frau war eine besondere Kundin.

Natürlich würde er den langsamen Tod der Julia Kirschbauer überwachen müssen. Keinesfalls konnte er auf die Schwägerin und ihre Annahme vertrauen, dass in drei Tagen alles gelaufen wäre. Er musste also eine gewisse Zeit in der Eifel verbringen. Vielleicht würden es mehr als drei Tage werden.

Er hasste die Eifel, bevor er sie gesehen hatte. Er stellte sie sich als eine baumlose Ebene vor, in der er vogelfrei und ohne Deckung arbeiten musste. Es war dort immer ein paar Grad kälter als in der Kölner Bucht. Der Schnee kam früher, von Stürmen und Regengüssen ganz zu schweigen. Es war November.

Und es würde dort vermutlich kein Kölsch geben.

Was für ein Job.

2. Kapitel

Außergewöhnliche psychische Belastungen führen oft zu schweren körperlichen Beschwerden«, hatte der Weißkittel mit wichtigem Blick erklärt.

»Schwachkopf«, fluchte Sonja Senger, als die Praxistür hinter ihr zuschlug, »ich habe nur Halsschmerzen.«

Später lag sie mit hochrotem Kopf und dickem Halswickel im abgedunkelten Schlafzimmer, eine rundliche Erhebung unter dem Laken, weiß wie eine Schneewehe.

Jerome redete am Telefon mit Bartmann, seine Stimme war dumpf und leise und schien weit weg. »Jerome Monteux. Ich bin ihr Lebens...abschnitts...gefährte.«

Sonja musste lachen, als sie hörte, wie er mit diesem Wort kämpfte, das er nicht mochte. Und das Lachen tat weh.

»Frau Senger hütet das Bett ... ja ... nein ... ja, Herr Polizeirat, Angina.«

»Polizeirat«, murmelte sie verächtlich und rief laut »Bakterielle« hinüber, weil er sonst wieder alles verharmlosen würde.

»Bakterielle«, echote er.

»Virulente.«

»Oder eher virulente ... auf jeden Fall ... wenn nicht ... ja ... nein. Wir halten Sie auf dem Laufenden. Danke auch. Schöne Grüße, auch von Frau Senger selbst.«

»Wie kannst du ihn von mir grüßen? Und warum schlägst du dir die Hacken blutig, wenn du mit ihm sprichst?«

Aber ein Blick auf seine dicken Norwegersocken machte die Antwort überflüssig.

Er bediente sie, erfüllte all ihre Wünsche, saß an ihrem Bett und las flüsternd Krimis vor. Sie verschlief die Morde und Verhaftungen und beklagte sich bitterlich, dass er die Pointen vermasselte. Dann summte er leise Lieder von Patricia Kaas, die sie wieder friedlich machten. Als er nur noch ein Schatten seiner selbst war – schlaflose Nächte und endlose Vorwürfe zehrten an seinem mageren Körper –, legte er sich immer öfter neben sie, und sie dämmerten zusammen dahin, dem nächsten Morgen oder Abend entgegen.

Balzac, der dunkelgraue Kater, turnte lautlos zwischen ihnen herum, genoss die unverhoffte Ruhe, baute Kuhlen auf Bäuchen und in Kniekehlen und hüllte sie mit seinem Schnurren ein.

An irgendeinem Morgen wachte sie auf und schlich ins Badezimmer. Ihr Atem beschlug den Spiegel im Bad, sie malte ein großes V hinein, aber als sie sah, dass alles noch da war, die Falten, die grauen Haare und der Wunsch, dass es noch nicht so weit wäre, wischte sie es mit den Fingern wieder aus. Auf nackten Füßen lief sie die kalten Steintreppen hinunter zum Briefkasten. Es war nicht ein einziger Brief in der Zwischenzeit gekommen, nicht einmal eine Rechnung. Als hätte man sie da draußen schon abgeschrieben. Nur der *Trierische Volksfreund* hatte sie nicht vergessen, die Freitagsausgabe steckte sorgfältig gefaltet im Kasten. Der Nachbar vom ersten Stock links, der nicht so aussah, als hätte er es nötig, hatte sich in der Zwischenzeit bedient. Sie schlug gegen seine Haustür, als sie hinauflief und rief: »Das ist jetzt vorbei«.

Oben breitete sie den *Trierischen Volksfreund* auf dem Bettende aus und überflog die Neuigkeiten. Nach einer Weile stieß sie auf eine kleine Anzeige in der Rubrik »Veranstaltungen«.

»Jerome, hör zu, eine Lesung, hier in Trier, in der *Akademischen Buchhandlung Interbook*. Ein Krimi. Heute, am 6. November, um halb acht.«

»Hm.«

»Mord und Totschlag hier vor unserer Haustür. Wenn ich keine wirklichen Fälle mehr lösen kann, dann wenigstens die fiktiven. Er heißt übrigens *Tod im Schnee*.«

»Von wem?«, murmelte er verschlafen und zog die Stirn in Falten.

»Julia Kirschbauer.«

»Kenn ich nicht.«

»Ich auch nicht, aber du gehst für mich hin, ja?«, bettelte sie.

»Ich?«

»Bitte, das wäre wunderbar, du lässt dir ein Buch signieren und liest es mir vor«, schwärmte sie und sank seufzend neben ihn in die Kissen.

* * *

Am Abend ließ Jerome sie zurück – »unfreiwillig« wie er sagte, strich ihr sorgenvoll über die heiße Stirn und versprach ihr, alles, aber auch alles zu erzählen. Er lieh sich ihren Polo – es war zu spät und er zu träge für einen Abendspaziergang –, fuhr bis ins Parkhaus Treviris Passage am Rautenstrauchpark und stellte das Auto auf dem Frauenparkplatz nahe dem Ausgang im grellen Neonlicht ab. Nach ein paar Metern gelangte er durch die Fußgängerzone zum Frankenturm, einem Wohnturm aus dem 14. Jahrhundert, nach Franco von Senheim benannt. Ein wehrhaftes, rechteckiges Steinhaus mit hoch gelegenem Eingang, mit winzigen Fenstern und hohen Zinnen. Auf ihn folgte das Rote Haus mit dem stolzen Spruch:

Ante Romam Treveris stetit annis mille trecentis,
perstet et aeterna pace fruatur. Amen
(Vor Rom stand Trier tausenddreihundert Jahre, möge es
ferner besteh'n, ewigen Friedens sich freu'n. Amen.)

Jerome murmelte ihn vor sich hin wie einen Rosenkranz und ignorierte die verwunderten Blicke der wenigen Passanten. Er kam zur Steipe, was nichts anderes als »Stütze«

hieß; die Stützen, die die ehemals offene, laubenartige Halle des Erdgeschosses trugen. Hier tagte nach alter deutscher Sitte das Marktgericht. Die Steipe war höher als alle anderen Bauten hier am Hauptmarkt und zeigte die vier Stadtheiligen Petrus, Helena, Jakobus und Paulus. Jetzt tagte hier das *Café Bley* in schnöder Gegenwart, servierte den Damen mit Hut Obstkuchen mit Schlagsahne und ein Likörchen zum Hinunterspülen. Kleinstadt-Tratsch gab's gratis dazu. Hätte Sonja ihn in ein Museum oder in eine der wundervollen Ruinen entsandt, vielleicht ins Amphitheater draußen vor den Toren der Stadt oder drüben in die Barbarathermen nahe dem Ufer der Mosel, ihn, den Archäologen aus Leidenschaft, dann wäre das *sein* Abend geworden. Aber eine Lesung sollte es sein. Jerome hatte ein unbestimmtes Vorurteil gegenüber Kriminalromanen, besonders wenn sie von Frauen geschrieben wurden. Doch er verzieh Sonja die berufliche Neugier, wie er ihr fast alles verzieh, auch den Umzug von Köln nach Trier vor einem Jahr, der ihn zum Pendler gemacht hatte. Kostbare Zeit verschwendete er in Zugabteilen oder auf der Autobahn. Aber ihr nicht zu folgen, wäre die schlechtere Lösung gewesen. Eines Tages würde sich vielleicht die Gelegenheit ergeben, hier in Trier zu arbeiten. Er wusste, dass Sonja darauf wartete, aber er war nicht der Typ, der solche Dinge vorantrieb. Sie mussten sich ihm schon in den Weg stellen, und wenn alles passte, dann würde er zugreifen, vielleicht. Er würde zumindest darüber nachdenken.

Die Veranstaltung hatte schon begonnen, als er die *Akademische Buchhandlung* in der Fleischstraße betrat. Hinter der historischen Fassade der *Brasserie* schräg gegenüber lockte gemütliches Licht, und er fuhr sich über die Lippen und dachte an den guten Bordeaux, den sie dort servierten. Viele Reihen grauer Plastikstühle standen in einem halben Rund, in der Mitte ein Gang, der direkt zu einem kleinen Tisch am oberen Ende führte, an dem die Autorin saß und innehielt, als die Glastür hinter ihm zuschlug und sie seine Schritte hörte. Der Buchhändler zeigte wortlos auf die unbesetzten Stühle in der letzten Reihe, aber Jerome hatte einen freien Platz ganz vorne direkt am Gang entdeckt. Er sah sich um, und seine Befürchtungen wurden Gewissheit: Er war in eine reine Frauenveranstaltung geraten. Das würde Sonja nur schwer wieder gutmachen können.

Jerome ließ sich auf den freien Stuhl fallen; die Beine lang ausgestreckt, lag er mehr als er saß und stellte fest, dass er doch neben einen Mann geraten war, auf dessen Schoß ein Buch lag: *Tod im Schnee*. Es sah gründlich gelesen aus, mit Eselsohren und Zetteln zwischen den Seiten und einem glänzenden Fettfleck auf dem Umschlag. Der Mann lächelte ihm freundlich zu.

»Sie kennen Julia Kirschbauer?«, versuchte Jerome flüsternd ein Gespräch.

Der Mann schüttelte den Kopf und ließ den Blick nicht von der Autorin, die einen Moment wartete, bis wieder Ruhe eingetreten war, und dann erneut begann. Ihre Stimme war dünn, und das Sprechen schien ihr Mühe zu bereiten. Sie stieß die Worte gepresst hervor und kämpfte sich durch ihre Geschichte, Satz für Satz. Sie trug eine blonde Pagenfrisur, eine Brille auf der kleinen Nase, hinter der ihre Augen winzig und weit weg schienen, und ein dunkelgraues Wollkostüm. Ihre Finger zupften ständig nervös an den Seiten, auch wenn es nichts umzublättern gab. Unter dem Tisch steckten ihre Beine in schwarzen Strümpfen den ganzen Abend über unbeweglich und leicht schräg in schwarzen Lackschuhen.

Nach einem Abschnitt sah sie hoch, mit einem schüchternen Blick, nippte kurz am Wasserglas, schob die Brille hoch, räusperte sich und fuhr fort. Ganz allmählich erst schien sie sich sicherer zu fühlen, und ihre Stimme wurde fester. Jerome prägte sich den Anblick ein, bemüht, keine Einzelheit zu vergessen, als sein Blick auf ein weiß-schwarzes Bündel neben ihr fiel. Es sah zuerst wie eine pelzige Handtasche aus, bevor es sich bewegte – und es bewegte sich lange nicht. Auf kurzen, dünnen Beinen saß er da, mit spitzen Ohren und dunklen, vorstehenden Käferaugen. Ein Hund. Er war keine Schönheit, hockte dort still und geduldig die ganze Zeit über, beobachtete die Leute und wartete auf das Zeichen zum Aufbruch, das kam, als die Autorin ihr Buch zuschlug und sagte: »Ich danke für Ihre Aufmerksamkeit.«

Und sie schien erleichtert, diesen Teil des Abends hinter sich gebracht zu haben, atmete tief ein und aus und faltete die Hände. Da erhob der Hund sich, legte die Vorderbeine auf ihren Schoß und wedelte mit dünnem, spitz zulaufendem Schwanz, hechelte mit herausbaumelnder Zunge, und sie strich über seinen Kopf.

Aus den Ausschnitten, die sie gelesen hatte, war Jerome nicht schlau geworden. Als Kostprobe gedacht, waren sie weder geeignet, ihren Stil kennen zu erkennen noch die Story zu begreifen. Sie sollten Neugier wecken, verwirrten aber letzten Endes nur. Dagegen konnten seine wissenschaftlichen Referate über archäologische Entdeckungen, die er in Museen und Universitäten hielt, seine Zuhörer geradezu in Aufruhr versetzen. Die Vergangenheit war spannend wie ein Krimi, wenn man sich in jene Zeit versetzte, in der Verbrechen ebenso an der Tagesordnung waren wie sie es heute sind. Vielfach schlugen die Täter damals noch grausamer zu. Da wurde gnadenlos geköpft, gevierteilt, geteert und gefedert. Die Motive waren dieselben wie heute: Neid, Rache und Gier. Die ewigen menschlichen Schwächen. Jeromes Gedanken schweiften ab.

Nach einer Weile sah er den Buchhändler aus dem Nebenzimmer mit einem umfangreichen Blumenstrauß auftauchen, der in hellblaues Seidenpapier gewickelt war. Er überreichte ihn Julia Kirschbauer, sie steckte kurz die Nase in die Blumen und bedankte sich artig. Da er keine Anstalten machte, eine

Vase herbeizuschaffen, legte sie den Blumenstrauß neben sich. Der Buchhändler schlug nun eine kleine Diskussionsrunde vor, sah ins Publikum, Reihe für Reihe, und hoffte auf eine rege Teilnahme. Und tatsächlich stellten die Damen der Autorin Fragen.

Sie habe immer schon ein ausgeprägtes Mitteilungsbedürfnis gehabt, erzählte sie mit einem zaghaften Lächeln, man habe ihr ein Talent zum Erzählen bescheinigt, schon in der Schule. Sie schreibe aber erst seit vier Jahren. Ihr nächstes Buch werde im Frühjahr erscheinen, der Titel sei schon festgelegt, aber sie könne und werde nichts darüber verraten.

»Natürlich nicht, das bringt Unglück«, sagte sie und machte ein geheimnisvolles Gesicht, »Ihnen und mir.«

»Und warum schreiben Sie gerade Kriminalromane?«, fragte eine kleine, grauhaarige Dame aus der letzten Reihe, hob den Zeigefinger und reckte sich.

»In meinen Kriminalromanen gibt es immer die Gerechtigkeit, die es im wirklichen Leben nicht gibt oder nur sehr selten. Das ist mir sehr wichtig. Ich möchte, dass meine Leser am Ende aufatmen.«

Die kleine, grauhaarige Dame nickte glücklich und lehnte sich entspannt zurück.

»Woher nehmen Sie Ihre Ideen?«, fragte eine andere.

»Sie liegen auf der Straße. Ich meine, lesen Sie aufmerksam die Zeitungen, die kleinen, unauffälligen Artikel auf den letzten Seiten. Es passiert so viel Furchtbares jeden Tag und überall. Familientragödien, Unfälle, Gewalt ...«

Nachdenklich wanderte ihr Blick zu den Fenstern.

»Und welches der drei Bücher, die Sie geschrieben haben, ist Ihr liebstes und bestes?«

Sie reagierte nicht sofort, als hätte sie die Frage nicht gehört. »Mein bestes?«, fragte sie endlich und wandte sich wieder ihrem Publikum zu, »das habe ich noch nicht geschrieben, hoffe ich wenigstens.«

Immer mehr Damen fühlten sich ermutigt, Fragen zu stellen. Auch nach ihrem Hund, und alle fanden ihn ganz »süß« und vor allem die Tatsache, dass er sie zu allen Veranstaltungen begleitete und brav wäre wie ein Engel und nicht ein einziges Mal gebellt hätte.

»Er ist stumm«, sagte Julia Kirschbauer.

»Oh!« Und Mitleid breitete sich aus im Foyer der *Akademischen Buchhandlung* wie eine Flutwelle.

Es artet in ein Kaffeekränzchen aus, dachte Jerome und sah zu seinem Nachbarn, der geduldig die Zeit abwartete, ohne die Absicht, die Veranstaltung vorzeitig zu verlassen oder eine Frage zu stellen. Der Buchhändler trieb die Veranstaltung voran und schlug nun eine Signiermöglichkeit vor, und das Interesse war groß. Er kredenzte den Damen dazu einen perlenden Wein, und alle griffen zu. Sie tranken sich ein bisschen Mut an und machten sich dann auf den Heimweg, denn es war schon spät für sie. Sie machten Andeutungen und ängstliche Gesichter, als könnte ihnen sonst was passieren, wenn sie noch länger blieben, da draußen in der finsteren Nacht. Hastig flatterten sie davon, auf der Flucht vor dem Bösen, das in Hauseingängen lauerte. Sie liebten wohl Verbrechen, aber nur auf dem Papier.

Auch der Mann neben Jerome erhob sich schließlich, ging die wenigen Schritte hinüber zum Tisch der Autorin und legte ihr wortlos sein zerlesenes Buch vor, und als sie fragte, ob er vielleicht seinen eigenen Namen oder eine Widmung wünschte, schüttelte er den Kopf. »Nur Ihr Name, das wäre sehr freundlich.«

»Würden Sie ›Für Sonja‹ hineinschreiben?«, fragte Jerome als Letzter, als die Damen schon alle die Buchhandlung verlassen hatten.

»Aber sicher. Für Sonja. Ihre Frau?«

»Sozusagen. Sie liebt Krimis.«

»Dann werden ihr sicher auch meine beiden anderen Bücher gefallen. Sie liegen dort drüben direkt neben dem Eingang, nicht zu verfehlen, die Cover ähneln sich, alle rot, also, wenn Sie möchten; *Maar der Toten* und *Im Schatten der Burg*.«

»Sicher kennt sie sie längst«, sagte Jerome, und sie lächelte dankbar für das Kompliment, das leicht von seinen Lippen kam.

Und dann beugte er sich zu ihr und sagte leise: »Ich bin überzeugt, dass sie ihr gefallen und dass sie wirklich gut sind, daran zweifle ich keinen Augenblick.«

»Danke.«

»Aber warum zerfleddern Sie sie?«

Irritiert sah sie ihn an. »Wie meinen Sie das?«

»Nun, Sie lesen hier ein Stück und dort ein Stück. Niemand begreift den Zusammenhang. Warum lesen Sie nicht einfach das erste Kapitel und klappen den Buchdeckel zu? Bieten Sie Ihren Zuhörern einen Einstieg. Wenn sie ihn nicht finden, werden sie sowieso nicht weiterlesen. Wissen Sie, was ich meine?«

»Ich ...«

»Sie werden sich besser dabei fühlen.«

Der Buchhändler unterbrach das Gespräch und stand mit einem pelzgefütterten Ledermantel in den Händen ungeduldig da. Julia Kirschbauer entschuldigte sich, nahm den Blumenstrauß auf und ging Richtung Ausgang. Der Hund wieselte mit tausend kleinen Hundeschritten hinter ihr her, ohne Halsband und Leine. Und da verließ auch der Mann, der am Eingang gestanden und in Julia Kirschbauers roten Büchern geblättert hatte, die Buchhandlung und folgte ihr, dicht und zügig, links über die Fleischstraße hinunter in Richtung Porta Nigra, sodass Jerome der Gedanke kam, dass er ihr folgte und vielleicht ein Gespräch suchte, unter vier Augen.

Ihr Wagen, ein dunkler Volvo Kombi mit Kölner Kennzeichen, stand neben dem Polo in der Treviris Passage. Sie verstaute gerade den Blumenstrauß und den Ledermantel sorgsam im Kofferraum, als Jerome das Parkhaus betrat. Der Hund kletterte munter bis zum Beifahrersitz hindurch, wo er seine Vorderpfoten auf dem Armaturenbrett postierte und auf die Abfahrt wartete.

Julia Kirschbauer erkannte Jerome und lächelte ihm noch einmal zu: »Einen schönen Abend wünsche ich Ihnen«, sagte sie übers Autodach hinweg.

»Und ich Ihnen eine gute Heimfahrt.«

»Ja, danke. Das kann ich gebrauchen. Und ... danke. Sind Sie auch Autor?«

»Nein. Nur Archäologe. Aber es war mir ein Bedürfnis ... und ein Vergnügen.«

»Wissen Sie, ich glaube, Sie haben Recht. Aber mein Verleger ...«

»Ihr Verleger hat keine Ahnung.«

Sie lachte erleichtert auf.

»*Sie* sind die Schriftstellerin.«

»Ja«, sagte sie, »manchmal vergesse ich das fast. Ich habe Angst, er könnte meine Bücher nicht mehr drucken wollen.«

»Dann wäre er auch noch dumm. Fahren Sie vorsichtig.«

»Ja. Vielleicht sieht man sich einmal wieder.«

»Alles ist möglich.«

Als Jerome in der Lindenstraße hielt, vor seiner Haustür, sah er den Volvo über die Kaiser-Wilhelm-Brücke in dichten Nebel eintauchen. Ungewöhnlich tief hing er über der Mosel und dem Markusberg in dieser Nacht, eine Schicht nur, und der Himmel darüber war seltsam klar und sternenübersät. Dazu ein Mond, der fast voll war. Eine andere Welt da oben. Die Rücklichter verschwanden, als verlöschten sie, und er beneidete Julia Kirschbauer nicht um die weite Fahrt nach Köln.

* * *

Sonja thronte aufrecht in den Kissen, als sich der Schlüssel im Schloss drehte.

»Ich will einen vollständigen Bericht.«

Und da kam auch schon das Buch in hohem Bogen aufs Bett geflogen. »Das war das erste und letzte Mal.« Aber seine Stimme klang nicht drohend.

»Erzähl.«

Jerome kochte Kaffee für eine lange Nacht und beschwerte sich, in welche *situation désastreuse* Sonja ihn gebracht hatte, und wenn sie sich nicht in solch schlechter körperlicher Verfassung befunden, er auf jeden Fall die Veranstaltung sofort wieder verlassen hätte.

»Und, wie sah sie aus, was für ein Typ ist sie?«

»Weiß ich nicht, aber ich habe ihr nach der Vorstellung gesagt, was sie falsch gemacht hat.«

»Das darf nicht wahr sein. Die Ärmste!«

»Einer muss es ihr doch sagen.«

»Und ausgerechnet du fühlst dich dazu berufen?« Sonja drehte und wendete das Buch in ihren Händen. Ein blutrotes Taschenbuch. Auf dem Cover eine einsame Scheune in karger Winterlandschaft. Im Vordergrund ein riesiger Baum mit von Schnee tief hängenden Ästen, zwei schwarzen Rabenvögeln geduckt lauernd auf den vereisten Zweigen, Hügeln am Horizont, Feldwege, Spuren im Schnee und dahinter der schwarze Himmel ohne Sterne.

Jerome kam mit großen Kaffeebechern zu ihr, kroch unter ihre Decke. Und sie begann:

»Die Winter in der Eifel sind länger und härter als anderswo in Deutschland. Die großen Städte bieten Abwechslung, Licht und Wärme, täuschen über die Trostlosigkeit hinweg. Aber die großen Städte sind weit weg. Und hier ist nur verlassene Landschaft, dem Wind ausgesetzt, der gnadenlos Tag und Nacht über die Hügel peitscht. Die Dörfer und Straßen sind menschenleer, und die Einsamkeit wird größer mit jedem Tag, an dem die Sonne nicht durch die Wolken bricht ...«

Da verließ sie die Stimme, nur ein Krächzen blieb, und sie reichte Jerome das Buch hinüber mit halb geschlossenen Augen.

»Du«, war alles, was sie herausbrachte.

»... und die Tage im Dämmerlicht endlos werden. Und der Winter in dem Jahr, von dem ich berichten möchte, war eisiger und länger als die anderen zuvor. Er hatte seltsam früh angefangen, schon Anfang November hatte es die ersten Bodenfröste gegeben, und nun lag seit über einem Monat Schnee, der schmutzig gelb, voller Fuß- und Reifenspuren war und von den Spuren des heimgetriebenen Viehs, das jetzt in den schützenden Ställen stand. Das Futter würde knapp werden, die Ernte war miserabel gewesen, kaum Sonne und viel zu viel Regen, man würde Futter dazukaufen müssen ...«

Er wurde leiser, schloss die Augen über den Buchstaben, ließ die Worte ausklingen und schlief. Sonja neben ihm schnarchte gleichmäßig mit offenem Mund und merkte erst nach einigen Minuten, dass seine Stimme fehlte. Sie schubste ihn ungnädig an, bedeutete ihm weiterzulesen, nur mit einem drohenden Blick.

»... der einzige Treffpunkt, an dem sie zusammenkamen, wenn sie ihre Häuser verließen, war sonntagmorgens die Kirche und danach der Gasthof, wo die Männer an der Theke einen über den Durst trinken konnten, und die Frauen an den Tischen einen Kaffee tranken und schwatzten. Und dann zur Mittagszeit brachen die Frauen auf, um das Essen zuzubereiten, und die Männer folgten mit unsicherem Gang nach einer angemessenen Weile, hinaus in den eisigen Wind in ihre überhitzten Stuben, wo sie den Rest des Tages dahindämmern würden ...«

»Fini«, sagte Jerome und schloss leise das Buch. Und da sie nicht protestierte, konnte er es unbehelligt beiseite legen. Erst Freitag, dachte er, und sie hatten das ganze Wochenende zur endgültigen Rekonvaleszenz. Balzac kroch unter seine Decke und grunzte zufrieden.

»Welch himmlischer Friede, mon vieux, wenn sie schläft.«

3. Kapitel

Der Nebel stand wie eine weiße Wand direkt vor den Scheinwerfern, ließ kein Durchkommen und kein Durchleuchten, brach das Licht nach wenigen Metern, dass es schwammig wurde und zerlief. Er hing tief bis auf den Boden, kreiste sie ein von allen Seiten, wie ein undurchsichtiges Tuch, das über sie geworfen war. Der Mittelstreifen war die einzige Orientierung, immer nur zwei Teilstücke weit konnte sie sehen, manchmal rechts die Begrenzungslinie und die kleinen Pfähle mit ihren silbernen Katzenaugen, sonst nichts. Keine Häuser, keine Hinweisschilder, keine Autos hinter ihr, keine, die ihr entgegenkamen, und es war kein Fortkommen zu erkennen, als stünde sie auf der Stelle. Die Straße war immer dasselbe Stück Straße.

Der Nebel schluckte alle Geräusche, die es draußen geben mochte, sogar das eigene Motorengeräusch klang dumpf und weit entfernt, wie durch viele Lagen dicker Watte. Die Scheiben waren feucht außen wie innen. Undurchsichtig geworden, zu Milchglas. Sie starrte hinaus, auf die Motorhaube und die weiße Wand davor, als könnte sie sie bezwingen, wenn sie nur wollte, wenn ihr Blick durchdringend genug wäre. Ihre Augen begannen zu brennen von der Anstrengung, tränten vom Windstoß des Gebläses und dem Staub, der tief in den Lüftungsschächten saß und aufgewirbelt wurde. Ihre Hände umklammerten das Lenkrad, packten manchmal fester zu, dass die Fingerknöchel weiß hervortraten im Licht, das die Nebelwand zurückwarf ins Innere des Autos. Blicke in die Seitenspiegel oder den Rückspiegel waren sinnlos.

Sie verringerte das Tempo weiter, der Tacho zeigte nur noch zwanzig Stundenkilometer. Sie musste auf dieser Straße bleiben, redete sie sich zu, musste es irgendwie schaffen, nur geradeaus, nur nicht vom Weg abkommen. Längst hatte sie das Radio abgestellt, das gnadenlose Gequatsche der aufgedrehten Moderatoren und ihre hämmernde, immer gleiche Musik hatten sie nervös gemacht, unruhiger als sie ohnehin schon war.

Es war ein gelungener Abend geworden, dachte sie und versuchte sich zu beruhigen, an Schönes zu denken. Die Angst, die sie vor jeder Lesung quälte, war bald verflogen, und sie hatte nur ganz zu Anfang an die kleine Sprayflasche in ihrer Handtasche denken müssen, ohne die sie nicht mehr leben konnte. Ein interessiertes Publikum in einer angenehmen Atmosphäre, kein Wort der Kritik. Das war nicht immer so. Sie hatte ganz andere Lesungen erlebt. Erste Zuhörer hatten nach wenigen Minuten das Weite gesucht. Niemand hatte auch nur eine einzige Frage gestellt oder das Bedürfnis gehabt, eines ihrer Bücher zu besitzen. Die Vorstellung, dass sie am Ende hochsehen würde, und die Buchhandlung wäre leer, das Publikum hätte sich davongeschlichen, war ein Albtraum.

Man wusste nie, wie eine Lesung werden würde.

Aber in Trier war sie auf große Aufmerksamkeit gestoßen, für sie selbst und für ihr neues Buch. Und fast alle hatten es zum Schluss gekauft, wenn sie es nicht sogar schon besaßen, obwohl sie selbst nicht ganz überzeugt von ihm war. Die beiden ersten waren besser gewesen. Es schrieb sich schwer, wenn man Sorgen hatte.

Sie freute sich darauf, Christoph davon zu erzählen. Es war das erste Mal ohne ihn gewesen, seine schwere Krankheit fesselte ihn ans Haus. Der Stuhl in der ersten Reihe war seiner gewesen. Dann hatte der Mann mit den dunklen Locken ihn besetzt. Auch von ihm musste sie Christoph unbedingt berichten, von dem, was er gesagt hatte. Er hatte ihr Mut gemacht. Er und der andere mit dem roten Schnäuzer waren die einzigen Männer gewesen. Die beiden hatten sich sicher ein wenig verloren gefühlt unter all den Frauen, aber sie hatten trotzdem durchgehalten und waren nicht vorzeitig verschwunden. Ein Kompliment für sie.

Sie war nicht gerne nach Trier gefahren. Aber Christoph hatte ihr schließlich die größte Angst genommen, er wäre bei ihr in Gedanken, sie wäre nicht allein. Und, was sollte schon passieren?

Ihr Leben hatte sich verändert. Sein Schlaganfall hatte all ihre gemeinsamen Pläne zerstört. Das ständige Wehklagen und die endlosen Vorhaltungen seiner Schwester Christine waren kaum noch zu ertragen. Sicher, sie war um ihn bemüht, opferte sich auf, Tag für Tag, selbstlos. Sie hatte ihr eigenes Leben für seines aufgegeben, aber niemand hatte sie darum gebeten.

Christine Kirschbauer hatte, als er im Krankenhaus lag, am Tropf und an anderen lebenserhaltenden Schnüren, »selbstverständlich«, wie sie sagte, vor der Tür gestanden, mit Koffern und Taschen, und Julia hatte nicht gewagt, sie abzuweisen, denn sie waren voller Sorge und Angst um ihn, beide, und sie war dankbar für die Hilfe, die sie anbot, die Unterstützung, den Trost.

Manchmal kam es Julia vor, als hätte Christine nur auf so ein Ereignis gewartet. Ein Ereignis, das ihr den Grund liefern könnte, wieder ganz und für immer in Christophs Nähe zu sein. Kaum hatte sie das Gästezimmer bezogen, hatte Christine angefangen, Besitz zu ergreifen, Stück für Stück, von ihm und ihrem Haus. Wenn Julia ins Krankenhaus kam, saß sie schon an seinem Bett, Blumen standen da, und sie las ihm vor, frische Wäsche lag bereit, und sie hatte den Arzt nach seinem Zustand befragt. Als Julia nach einer Pflegerin suchte, stand sie schon in der Tür, eine mürrische, ernste Person, die Christoph empfing, als er endlich wieder nach Hause durfte. Rollstuhl und Krankenbett wurden geliefert, und Christine verfügte über Ruhephasen und Sprechzeiten. Sie wusste, was gut für ihn war, und ließ es Julia wissen, wenn sie sich nicht daran hielt. Sie ließ eine Krankengymnastin kommen, zweimal die Woche, und überwachte alle Übungen. Sie sorgte für gesunde, ausgewogene Kost und schob ihn jeden Tag für exakt eine Stunde auf die Terrasse, vormittags, wenn sie den Haushalt überwachte, und nachmittags in den Park, wenn es nicht regnete. Nur nachts, wenn die Pflegerin das Haus verlassen und Christine sich endlich zur Ruhe begeben hatte, blieben Christoph und ihr Zeit füreinander, Zeit für ein Gespräch, eine Umarmung, Stunden, von denen Christine nichts ahnte. Sie las ihm vor, ein neues Kapitel aus ihrem Manuskript, fragte ihn um Rat, und manchmal vergaßen sie dabei die ganze Not, und es war wie früher, vor seiner Krankheit, zu einer Zeit, als er ihr bester und liebster Lektor war.

In Christines Gegenwart hatte er das Sprechen, das ihm so unsagbar schwer fiel, ganz aufgegeben: Die einzige Möglichkeit, sich ihrer übertriebenen Fürsorge zu erwehren. Er war einmal ein sehr beredter Mann gewesen, jetzt war er nur noch ein Schatten. Es gab Streit, von dem Christoph nichts wusste. Christine ging oft zu weit. Sie ließ Manuskriptseiten verschwinden und wichtige Post, verleugnete Julia am Telefon, beklagte sich bei seinem Arzt über ihre Nachlässigkeit.

»Du hast ihn nicht verdient«, drohte sie Julia immer wieder, »ich werde nicht zusehen, wie du ihn zu Grunde richtest. Sie ihn dir an, es ist *dein* Werk. Sieh ihn dir doch an!«

Und wenn Julia dann weinend aus dem Zimmer lief, rief sie hinter ihr her: »Warum gehst du nicht? Merkst du nicht, dass er dich nicht vermissen wird? Lass uns doch in Ruhe!«

Diese Worte verfolgten sie, aber sie wagte nicht, Christoph davon zu erzählen. Und so zog sie sich tagsüber mehr und mehr zurück.

Mit einem Mal war Licht hinter ihr und riss sie aus ihren Gedanken, Strahlen fielen auf den Rückspiegel, blendeten, das Innere des Wagens war sofort hell erleuchtet. Vier Scheinwerfer, davor ein Gitter, Scheinwerfer eines Lastwagens oder eines Busses. Sie erkannte nicht die Umrisse des Fahrzeugs. Und dann spürte sie den gewaltigen Ruck, der durch den ganzen Wagen ging. Max flog von seinem Sitz, Julia wurde gegen den Gurt gepresst und schlug wieder zurück gegen die Kopfstütze. Sie kramte mit der Rechten die kleine Sprayflasche aus ihrer Handtasche, ganz automatisch, ein Reflex in bedrohlichen Situationen. Sie spürte die ersehnte Erleichterung sofort, die ihr die rote Flüssigkeit verschaffte, noch während ihr Finger den Knopf niederdrückte, und sie sog die Kühle gierig ein. Als sie die Sprayflasche neben sich auf den Beifahrersitz legte, rollte sie hin und her und fiel schließlich auf den Boden.

Die vier Augen entfernten sich und kamen wieder ganz nah und wieder der Ruck und dazu das dumpfe Poltern der Stoßstange. Sie gab mehr Gas. Max saß unten auf der Fußmatte und sah hoch zu ihr, seine schwarzen Augen glänzten. Bei jedem Schub verschwand er in der Tiefe des Fußraumes und kroch zitternd zurück. Die Sprayflasche rollte auf dem Boden zwischen seinen Pfoten hin und her. Sie konnte nicht nach ihr greifen, das Lenkrad nicht mit einer Hand halten und sich hinunterbeugen, wagte den Blick keinen Moment von der Straße zu nehmen.

Ihre Gedanken überschlugen sich, wer, wer konnte das sein? Und warum? Eine Verwechslung? Ein wahnsinniger Irrtum? Ein Betrunkener? Ein Spaß? Eine Wette? Alles schien ihr gleich unmöglich. Alles gleich absurd. Wenn sie bis Bitburg kommen könnte, Bitburg mit Lichtern und Menschen auf den Straßen, dort würde sie das Auto wenigstens erkennen können, sehen, wer sie jagte. Dort würde sie es wagen können, zu halten, auszusteigen, um Hilfe zu rufen. Dort würde er, wer immer es war, damit aufhören, sie in Ruhe lassen. Halb elf zeigte die Uhr im Armaturenbrett, und die Fahrt würde Stunden dauern bis Bitburg. Ewig. Der Kilometerzähler kroch unsäglich dahin, Meter um Meter. Die wuchtigen Stöße kamen jetzt in steter Reihenfolge, nicht regelmäßig, aber sie hörten nicht auf, dazu hörte sie manchmal spitzes Splittern von Glas, Brechen von Blech.

Links tauchten Lichter auf, verschwommen und unwirklich, und sie riskierte viel, einfach abzubiegen, ohne etwas zu sehen außer diesen Lichtern, einfach in die weiße Nebelwand hinein, den dünnen Lichtern nach, weg von der B 51.

Und dann sah sie die Schrift *Hotel Panorama* über dem Eingang, und der Wahnsinnige war ihr nicht gefolgt. Sie atmete auf. Hier würde sie telefonieren und ein Zimmer nehmen, auf den nächsten Morgen warten, wenn die Nebel sich verzogen hatten. Sie setzte ihr Auto zwischen zwei andere, froh, nicht der einzige Gast zu sein. Sie hatte es geschafft.

Sie ließ Max im Wagen zurück, nicht jedes Hotel freut sich über einen Hund. Bibbernd sah er ihr nach und drückte die nasse Schnauze an die Scheibe, die sie ein Spalt breit offen gelassen hatte, damit er genug Luft bekam. Sie würde ihn holen, sobald alles geregelt war.

Sie hastete um ihr Auto herum, um zu sehen, was der Verfolger angerichtet hatte, aber es war zu dunkel, um mehr zu erkennen, als ein paar Beulen und die herunterhängende Stoßstange. Sie tastete nach den Rücklichtern, sie waren zerbrochen.

Als sie die Empfangshalle betrat, sah sie einen Gast einen Schein über die Theke schieben, der in der Westentasche des Portiers verschwand, ein hohes Trinkgeld. Er hatte kleines Gepäck in der Hand und ging an ihr vorbei, nickte freundlich, und sie sah ihm nach. Der Portier, ein grauhaariger Mann mit verdrießlichem Gesicht, musterte sie eindringlich, ohne ein Wort zu sagen. Ihre Hände lagen zitternd auf der Empfangstheke, und sie fand kaum Worte, so tief saß die Angst, als sie zu sprechen versuchte.

»Endlich«, sagte sie mit einem tiefen Seufzer, »ich bin so froh, Sie zu sehen. Es ist ein furchtbarer Nebel da draußen, man kann keine fünf Meter weit sehen, und ich muss nach Köln. Ich kenne mich hier nicht aus. Ich habe nirgends Schilder gesehen. Ich weiß nicht einmal, wo ich jetzt bin.«

»Sie sind im Hotel *Panorama*, kurz vor Windmühle«, sagte er ernst.

»Aber das ist es nicht allein«, sie beugte sich über die Theke und senkte die Stimme, »ich werde verfolgt.«

»Verfolgt?«, fragte er ungläubig.

»Ja. Von einem anderen Auto. Ich sehe immer nur vier Scheinwerfer.«

»Sie müssen sich irren.«

»Nein. Er rammt meinen Wagen. Ich kann nicht auf die Straße zurückkehren, um keinen Preis der Welt, ich kann nicht ohne Rücklicht fahren und ... geben Sie mir bitte ein Zimmer.«

»Es ist kein Zimmer frei«, sagte er unbeteiligt, und er schüttelte nicht einmal den Kopf.

Alle Schlüssel hingen an ihren Haken, fünfundzwanzig goldene Schlüssel, wohlgeordnet, mit runden, goldenen Etiketten, auf denen die Zimmernummern standen.

»Aber«, rief sie, »es ist doch gerade jemand abgereist. Der Herr, der mir gerade entgegenkam ...«

»Das war kein Gast.«

Und die Angst kam zurück und nahm ihr den Atem.

»Aber telefonieren werde ich wenigstens können, oder?«

»Nicht einmal das«, sagte er, »tut mir Leid. Unsere Anlage ist defekt. Sie wird erst morgen repariert. Aber es gibt einen Gasthof, nicht weit von hier. Sie müssen nur über die B 51 geradeaus weiterfahren. Hinter Helenenberg, dem Barockkloster, das können Sie nicht verfehlen, die nächste Abbiegung links, über eine schmale Straße mit einem Bauernhof an der Ecke. Und von da aus nur knappe dreihundert Meter weiter. Dort werden Sie sicher ein Zimmer bekommen. Dort ist immer etwas frei.«

Sie war wie in Trance. Als sie wieder neben Max saß, überlegte sie einen Moment, die Nacht einfach hier sitzen zu bleiben, hier vor dem Hotel wäre sie sicherer als auf der Straße, aber es würde kalt werden, viel zu kalt. Max kroch auf ihren Schoß. Wenn sie den Portier fragen würde, ob sie wenigstens in der Halle in einem der Sessel den Morgen abwarten könnte, vielleicht würde er es gestatten, das konnte er ihr nicht abschlagen.

Aber als sie wieder vor der Tür stand, das weiß-schwarze Bündel unterm Arm, war sie verschlossen, und der Portier verschwunden, das Licht in der Rezeption gelöscht, das ganze Hotel nur schwarz, auch die erleuchtete Schrift, die sie hierher geführt hatte, dunkel, als hätte es all das nie gegeben.

Zurück im Auto griff sie nach der Sprayflasche auf dem Boden, es war eigentlich viel zu früh, schon wieder zu inhalieren. Sie wusste aber nicht, wie sie ihre Aufregung anders bekämpfen sollte. Sie lenkte das Auto über den knirschenden Kies zurück auf die B 51, setzte die Fahrt fort und versuchte, sich genau an die Beschreibung des Portiers zu halten. Doch schon nach wenigen Abzweigungen war sie sich schon nicht mehr sicher. Erleichtert sah sie vor sich in einer Tankstelle Licht brennen. Sie steuerte den Wagen neben die einzige Zapfsäule, stelle den Motor ab und ging in den kleinen Kassenraum. Dort saß ein junger Mann unter einer kleinen, dämmrigen Tischlampe in ein Heft vertieft. Er sah sie an, ernst, ohne etwas zu sagen, beugte sich dann wieder über sein Heft und blätterte eine Seite um.

»Lassen Sie mich telefonieren, bitte.« Ihre Stimme klang flehend.

Er murmelte etwas, das sie nicht verstehen konnte. Sie erzählte ihm aufgebracht von ihrer Fahrt hierher, aber er zeigte keine Anteilnahme, sondern nur auf das Telefon auf seinem Schreibtisch.

Als sie den Telefonhörer abnahm, ertönte kein Freizeichen.

Sie hielt ihm den Hörer hin, drehte ihn in den Händen hin und her, sie schüttelte ihn, schlug wieder auf die Gabel, wählte in ihrer Verzweiflung trotzdem, wieder und wieder.

»Das kommt öfter vor.«

»Wo kann ich denn hier in der Nähe übernachten?«, fragte sie, aber er hörte ihre Frage nicht. »Wo kann ich hier in der Nähe übernachten?«, wiederholte sie deutlich lauter, und er trennte sich endlich widerwillig von seinem Heft und zeigte hinter sich.

»Es gibt einen Gasthof, nur wenige Kilometer von hier. Sie müssen nach Helenenberg links abbiegen. Sie können ihn nicht verfehlen. Fahren Sie nur dem Licht nach. Dort finden Sie ein Zimmer«, sagte er gelangweilt und irgendwie klang es wie auswendig gelernt. Sein Kopf senkte sich wieder über die Seiten seines Heftes.

Was blieb ihr übrig? Ohne sich zu verabschieden, verließ sie die Tankstelle und knallte die Tür des Kassenraums hinter sich zu. Im Wagen nahm sie allen Mut zusammen, atmete ein paar Mal tief durch, drehte dann den Schlüssel im Zündschloss und setzte ihre Fahrt fort.

Kurz hinter Helenenberg waren plötzlich die vier grellen Scheinwerfen wieder hinter ihr. Julia schrie vor Schreck auf und krallte die Hände ins Lenkrad. Als der erste Stoß von hinten den Wagen erschütterte, merkte sie, dass sie keine Kraft mehr haben würde, den Attacken noch länger Stand zu halten, Gas zu geben und einfach weiterzufahren. Sie gab auf, setzte den Wagen vor einem Pfeiler in den Straßengraben, verlor endgültig die Gewalt über ihn. Die vier Augen hinter ihr erloschen sofort. Auch ihr Verfolger hatte angehalten.

Sie stellte den Motor ab und hörte auch den des anderen nicht, ließ aber das Licht brennen, sicherte hektisch die Türen von innen und nahm Max auf den Schoß.

Es blieb eine lange, furchtbare Zeit still.

Dann meinte sie Motorengeräusche zu hören, ein helles

Dröhnen und Röhren, und sie sah sich verzweifelt um. Es kam näher, wurde heller und lauter, und schließlich standen sie wie aus dem Nichts vor ihr. Drei Mopeds, drei Männer. Im gleichen Augenblick leuchteten die vier Augen hinter ihr auf, ein Motor heulte, der Wagen setzte zurück und fuhr dann wie aufgescheucht nur knapp an ihr vorbei. Sie sah einen Schatten, kein Nummernschild, keinen Fahrer, nicht die Automarke, nur rote Rücklichter, Punkte nur, und Rauchschwaden setzen sich ab aus dem riesigen Auspuffrohr, wurden zu Nebel, wie alles hier.

Die drei Männer stiegen von ihren Mopeds und kamen auf sie zu. Ihr Herz raste.

»Schicke Kiste«, sagte einer mit einer jungen, lauten Stimme und trat gegen den linken Vorderreifen.

Julia sah ihre Gesichter nicht, sie trugen Schals bis zum Kinn und Wollmützen bis über die Augenbrauen, weiße Atemwolken standen dazwischen. Aber einer war besonders groß, mit langen Haaren, die dünn unter der Mütze herunterhingen. Die beiden anderen waren kleiner, schmächtiger. Sie traten von einem Bein auf das andere und schlugen die Hände in dicken Handschuhen gegeneinander. Die jungen Männer umkreisten anerkennend das Auto, nickten beifällig, und ihre Hände strichen über den Lack. Dann sah sie sie hinten am Wagen stehen, auf die Schäden zeigen und diskutieren, hörte sie an der Stossstange ziehen und Glasscherben fallen. Der Große war der Wortführer, die beiden anderen stimmten immer nur zu.

Max machte einen Riesenaufstand, wollte unbedingt hinaus, hechelte, seine dünnen Pfoten gruben sich in ihre Beine.

Dann beugte sich einer zu ihr, klopfte ans Fenster und sagte:

»War das der Jeep?«

Sie zuckte nur kurz mit den Schultern und lugte unsicher aus dem Seitenfenster.

»So eine Sauerei.« Er hatte seine Mütze hochgezogen, und sein Gesicht war freundlich und jung. »So können Sie nicht weiterfahren. Sie haben kein Rücklicht mehr, und die Stoßstange ist lose. Ohne Rücklicht in diesem Nebel zu fahren, das ist viel zu gefährlich. Man sieht so schon fast nichts.«

Die Verzweiflung machte sie vertrauensselig; sie öffnete die Tür, die kleine Sprayflasche fest umklammert in der Hand. Max war zuerst draußen, und dann stand sie auch da. Als der Große auf sie zukam und fragte: »Wie hast du das geschafft, Frank?«, wusste sie mit einem Schock, der ihr durch alle Glieder fuhr, dass sie einen Fehler gemacht hatte.

Er gab Max einen leichten Tritt, dass er ein Stück in den Graben flog, und näherte sich ihr, sein Gesichter ganz nah an ihrem.

»Puh. Kein Interesse«, fluchte der Große und schüttelte sich. Die anderen beiden verzogen den Mund, sagten nichts, waren hilflos und zuckten mit den Schultern, als wollten sie sich entschuldigen.

»Aber der Wagen ist okay. Den nehmen wir«, sagte er und schlug mit der flachen Hand aufs Dach.

»Los zisch ab. Verdufte. Und nimm deinen Köter mit.«

Der Große schubste sie auf die andere Straßenseite, und in ihrer Panik lief sie davon, rannte einfach weg, dachte an ihre Handtasche, Schlüssel und Geld, auch an den Mantel, aber sie wagte nicht zurückzugehen, rannte weiter in den Nebel hinein.

4. Kapitel

Norbert Zehren war sauer.

Diese drei Typen auf ihren Mopeds hatten seinen Plan durchkreuzt. Er war so nah an seiner Zielperson gewesen, der Moment zuzuschlagen war fast gekommen. Und dann das. Er war sofort links in die kleine Straße eingebogen, die er im letzten Moment erspäht hatte, beinah wäre er vorbeigefahren. Von Straßenbeleuchtung hatten sie in der Eifel wohl noch nichts gehört. Dann hatte er den Jeep hinter einem Busch geparkt, war ausgestiegen und hatte die Fahrertür leise zugeschlagen.

Schräg gegenüber an der Straßenbiegung sah er ein Haus hinter einer Mauer. Im ersten Stock brannte hinter einem Fenster Licht. Ansonsten lag diese gottverlassene Gegend in einer stockfinsteren Dunkelheit, wie er sie aus der Großstadt nicht kannte, und ein eigentümlicher Geruch stieg in seine Nase, nicht der übliche nach Benzin und Staub, sondern eine unsägliche Mischung aus Mist, verbrannten Holz, Heu ... Natur eben, und Norbert Zehren war kein Naturfreund.

Jetzt wartete er unter dem Busch, starrte in den Nebel hinein und verließ sich auf seine Ohren. Er stand mit dünnen Ledersohlen in einer buckligen, feuchten Wiese. Die Kälte kroch in seine Hosenbeine. Der Boden unter seinen Füßen schien zu leben, und er fragte sich, ob es in der Eifel Schlangen gab oder Skorpione. Um ihn herum waren seltsame Geräusche, das Knacken eines Astes, der Schrei eines Vogels und ab und zu ein fernes Schnauben oder Grunzen. Die Wildschweine seines Vaters fielen ihm ein. Er tastete nach seinem Jagdmesser im Ärmel, es war einsatzbereit, und er schlug den Kragen seiner Jacke hoch. Als sein Schnäuzer tropfte, leckte er das Wasser mit der Zunge ab.

Vielleicht nahmen ihm die Jugendlichen gerade die Arbeit ab. Dann könnte er sofort wieder diese unheimliche Gegend verlassen, in die Zivilisation zurückkehren und die dreißigtausend Mark kassieren. Jeder Hinterhof, jede verlassene Baustelle, jedes finstere Viertel in Köln war ihm lieber als das hier. Obwohl er sich normalerweise wohler fühlte, wenn er für sein Geld richtig arbeiten musste – er ließ sich nicht gern etwas schenken. Aber hier verzichtete er ausnahmsweise auf jedes Erfolgserlebnis.

Das Motorengeräusch der Mopeds verstummte. Er hörte Stimmen. Männerstimmen. Der Autorin hatte es wohl endgültig die Sprache verschlagen. Sie war schon während der Lesung ziemlich schwach auf der Brust gewesen, dachte er. Logisch, mit der schweren Angina Pectoris, die sie hatte. Die Schwägerin hatte sicher Recht, länger als drei Tage würde er ihr auch nicht geben. Nicht bei ihrer Konstitution. »Fimschig« nannte man das in Köln. Eine leichte Beute.

Die Männer schienen zu verhandeln. Jedenfalls redeten sie, und es passierte nichts. Norbert Zehren wurde ungeduldig. Er nahm an, dass sie es auf den Volvo abgesehen hatten, das konnten sie ruhig. Den Hund konnten sie auch behalten. Er wollte nur die Frau. Wenn überhaupt. Eigentlich wollte er nur nach Hause.

Dann hörte er Schritte, im Hintergrund noch das Palavern der Männer und Türenschlagen, aber die Schritte waren wichtiger, sie kamen näher. Sie waren kurz und schnell und leicht, Frauenschritte. Er trat zurück, verbarg sich unter den Zweigen, kauerte auf dem Boden, und dann sah er sie, zuerst ihre blonden Haare, die im Nebel silbern zu sein schienen. Sie stürzte auf das Haus an der Straßenbiegung zu, der Hund war direkt hinter ihr, sie stolperte die beiden Stufen hoch zur Eingangstür und klingelte. Er hörte deutlich das scheppernde Geräusch. Im Erdgeschoss blieb alles dunkel. Dann rüttelte sie nebenan am Tor zum Hof, trommelte wieder gegen die Haustür und rief um Hilfe. Sie sammelte Steinchen vom Weg auf und warf sie gegen die Scheibe im ersten Stock, hinter der die Lampe brannte und drückte wieder auf die Klingel.

Der Hund hob an der Hauswand das Bein. Im Haus reagierte niemand.

Seine Zielperson gab auf und lief weiter die kleine Straße entlang, direkt auf ihn zu, den Hund dicht an ihren Fersen. Norbert Zehren hatte Respekt vor Hunden, auch vor einem kleinen Hund. Er fürchtete ihre Nasen. Er verfluchte das After Shave, das er wieder viel zu großzügig auf seinem Körper verteilt hatte. Aber beide liefen an ihm vorbei, so dicht, dass er den Atem anhielt. Er hörte förmlich ihre Lungen rasseln. Sie schien am Ende zu sein. Er folgte in angemessener Entfernung und auf leisen Sohlen. Die Straße war abschüssig, wurde breiter und mündete schließlich in einen kleinen Platz, eine Art Dorfplatz, um den sich nur ein paar Häuser scharten, große Bauernhäuser, und hinten am Ende des Platzes stand eine niedrige Kirche mit schmalem Schiff und viereckigem Turm, in der das ewige Licht matt durch die farbigen Fenster schien.

Der Hund blieb plötzlich stehen, hielt die Nase in den Wind und sah sich um. Dann lief er ein paar Mal aufgeregt hin und her, schließlich schlug er sich in die Büsche. Norbert Zehren wartete ab. Seine Zielperson hatte den Verlust noch nicht bemerkt.

Hinter der Kirche sah er jetzt ein weiteres Haus und Licht hinter allen Fenstern. Darüber leuchtete eine gelbliche Schrift, nicht lesbar im Dunst, nur ein flackernder Buchstabe fiel ihm auf und die grüne Bierreklame für *Bitburger*. Schon hörte er Stimmen. Lachen und Musik drangen in die nächtliche Stille. Ein Eifelgasthof.

Sie steuerte darauf zu. Er sah sie im grünen Licht der Reklame wie ein Gespenst.

»Max, wir haben es geschafft«, hörte er sie laut in den Nebel hineinsagen.

»Glaubst du«, murmelte er und musste grinsen, »jetzt geht es erst richtig los.«

»Max, Max«, rief sie in alle Richtungen und lief ein Stück zurück. Norbert Zehren presste sich an einen Baumstamm. Von dort sah er sie schließlich die Tür des Gasthofes öffnen, er sah den Lichtstrahl, der in den Nebel fiel

Besser ein Pils als gar kein Bier, dachte er.

Der Gasthof war gut besucht. Die Luft war verraucht und stickig. Ein paar Gäste saßen an einem großen, ovalen Tisch, mitten unter ihnen seine Zielperson. Andere standen an Spielautomaten und vergaßen die Welt um sich. Niemand bemerkte seine Einkehr.

Julia Kirschbauer war die Attraktion des Abends. Sie saß bereits in eine Wolldecke eingehüllt, die Haare noch verklebt von der feuchten Luft und dem langen Weg, außer Atem und mit brennenden Wangen.

»Was ist passiert?«, fragte ein Gast, und Norbert Zehren setzte sich nahe am Ausgang an einen leeren Tisch, so, dass Julia Kirschbauer ihn nicht sehen konnte, und hörte zu. Jemand stellte die Musik ab, die Spielautomaten verstummten, und es wurde seltsam still. Ein junge Frau brachte einen heißen Tee. Niemand fragte Norbert Zehren nach seinen Wünschen.

»Was ist passiert?«, fragte der Gast wieder.

Und dann musste Norbert Zehren ihre Version mit anhören.

»Es war furchtbar«, ihre Stimme war nur ein Hauch, »ich komme aus Trier und bin auf dem Heimweg nach Köln. Wissen Sie, ich bin Autorin. Ich hatte eine Lesung in einer Buchhandlung. Und danach kam ich in diesen Nebel. Und jemand hat mich die ganze Zeit verfolgt und gejagt, und als ich im Hotel *Panorama* telefonieren wollte, funktionierte das Telefon nicht, auch nicht in der Tankstelle. Und ein Zimmer wollte man mir auch nicht geben. Und immer das riesige Auto hinter mir. Ich ...«

»Trinken Sie erst einmal.«

Die junge Frau schob die Teetasse in ihre zitternde Hand und half ihr, sie zum Mund zu führen. Julia Kirschbauer nahm vorsichtig einen kleinen Schluck.

Sie bauscht das bisschen Verfolgungsfahrt zu einer Höllenfahrt auf, dachte Norbert Zehren mitleidslos, und macht eine wahre Tragödie daraus, typisch Schriftstellerin, vom Leben keine Ahnung. Obwohl die Sache mit dem Hotel und der Tankstelle schon seltsam war. Sollte es da noch jemand auf sie abgesehen haben, außer ihm und den drei Knaben auf den Mopeds? Eine begehrte Frau, wer hätte das gedacht, dabei sah sie harmlos aus wie ein Blatt im Wind. Er musste sich also ranhalten, wenn er das Geld kassieren wollte. Jetzt durfte nichts mehr dazwischen kommen, und er musste seine Zielperson im Auge behalten, ihr notfalls auch auf die Damentoilette folgen, die Nacht vor ihrer Zimmertür verbringen oder sich vor ihrem Fenster postieren. Jedenfalls durfte sie den Gasthof nicht ohne ihn verlassen. Wenn sie erst wieder in den Nebel entschwand, würde er sie verlieren. Nicht einmal die Wirtin drüben hinter ihrer Theke machte sich die Mühe, nach ihm zu sehen, von einem Pils keine Spur.

»Und irgendwann bin ich einfach in den Straßengraben gefahren«, fuhr Julia Kirschbauer fort, »ich konnte nicht mehr. Aber dann kamen drei junge Männer auf Motorrädern, und sie haben ...«

»Hier«, wieder führte die Frau die Tasse an ihren Mund, »langsam, langsam. Lassen Sie sich Zeit.«

»... und ich dachte, sie wären in Ordnung. Ich bin ausgestiegen, ich dachte ... aber darauf haben sie nur gewartet. Sie haben mich, so wie ich war, einfach weggejagt und Max ...«

Und sie begann zu weinen, Krämpfe schüttelten sie, und die Frau nahm die Teetasse aus ihrer Hand und reichte ihr ein Taschentuch, nahm ihr die keine Sprayflasche aus der Hand und stellte sie auf den Tisch. Hastig griff Julia Kirschbauer wieder nach der Flasche, führte sie zum Mund und sprühte. Alle sahen gebannt zu.

Sprüh nur, dachte Norbert Zehren, bald ist nichts mehr übrig, je öfter desto besser. Die Zeit arbeitete für ihn.

»Wer ist Max?«, fragte endlich einer der Männer.

»Mein Hund. Ich habe ihn verloren. Er muss hier irgendwo sein.«

Zwei standen auf und machten sich auf den Weg. Sie gingen an Norbert Zehren vorbei, ohne ihn zu beachten.

»Keine Sorge, wir werden ihn finden«, riefen sie.

Dankbar nickte sie ihnen zu.

»Wenn ich vielleicht hier telefonieren dürfte?«, fragte Julia Kirschbauer schließlich die junge Frau unter Tränen.

»Aber natürlich. In der Küche ist ein Telefon. Sie müssen durch die Pendeltür da hinten gehen, direkt neben der Theke. Schaffen Sie das oder soll ich helfen?«

»Nein, nein. Danke. Aber ich habe kein Geld.«

»Das geht schon in Ordnung. Gehen sie nur.«

Hinter der Theke stand eine Frau, die Wirtin, und spülte Gläser. Sie sah hoch, wischte sich die Hände ab und ging vor. Julia Kirschbauer folgte ihr durch die Pendeltür in die Küche.

Auch Norbert Zehren erhob sich. Er wusste da noch nicht, wie er gleich vorgehen würde, die Wirtin störte ihn. Sie war eine attraktive Frau, nach der er sich auf der Straße umgesehen hätte, aber jetzt störte sie ihn sehr.

In der Küche hing ein altes, schwarzes Telefon an der Wand.

Seine Blicke suchten den Raum nach der Wirtin ab, er konnte sie nicht sehen. Aber er wusste, dass sie da war.

Julia Kirschbauer drehte ihm den Rücken zu, nahm den Hörer ab, horchte auf das Freizeichen, steckte die zitternden, klammen Finger in die Löcher der Wählscheibe. Sie murmelte leise eine Telefonnummer vor sich hin, hatte die Vorwahl und die ersten Nummern geschafft, als eine Hand sich auf die Gabel legte.

5. Kapitel

Fernes Piepen holte Sonja morgens aus dem Bett, und sie fand das Telefon nach langem Suchen in der Küche unter den Seiten eines archäologischen Wälzers vergraben. Jerome konnte wie kein anderer den Ruf den Telefons ignorieren, so wie er sich über andere alltägliche Dinge des Lebens hinwegsetzte, die ihm von keiner historischen Bedeutung zu sein schienen.

Bartmann, schnöselig wie immer, säuerlich und ungnädig.

»Ja, halloo, Chef.«

Sie schwankte, alles drehte sich um sie herum, sie war zu schnell aufgestanden, und seine Stimme zu hören, machte es nicht besser.

»Wie ist das werte Befinden, Miss Marple?«

»Das weiß ich nicht«, sagte Sonja und hielt sich mühsam an der Tischkante fest, »ich muss es noch herausfinden.«

Seit dem Tag, an dem Sonja Senger zum ersten Mal einen Fuß ins Trierer Polizeipräsidium gesetzt hatte, fand er es umwerfend originell sie »Miss Marple« zu nennen, da seine neue Mitarbeiterin zugleich die älteste war. Sonja Senger war die neue Quotenfrau in seiner Abteilung, der lebende Beweis, dass weibliche Mitarbeiter im Öffentlichen Dienst gefördert wurden, ob sie es wollten oder nicht. Im Zweifelsfall eine Frau, war die Devise. Sie mit dieser alten, rüstigen Dame zu vergleichen, war die reine Böswilligkeit. Nichts gegen Miss Marple. Sie beherrschte die exakte Mischung aus Misstrauen und Mitleid, aus Skepsis, Ahnung und Verdacht. Sonja würde gerne einmal so eine unerschrockene, alte, aber rüstige Dame werden – vorläufig genügte es ihr jedoch, völlig unerschrocken zu sein.

»Frau Senger«, begann er, holte tief Luft, so wie er immer seine Reden begann, »das waren jetzt drei Wochen. Und ich finde, drei Wochen sind genug.«

»Was ist heute für ein Tag?«

»Montag, der 9. November.«

»1998? Dann werde ich heute mal reinschauen.«

Seine Stimme stieg wie ein Thermometer in den roten Bereich: »Hören Sie, ich habe hier einen neuen Fall für Sie. Brisante Geschichte. Eine Autorin wird vermisst.«

»Na und?«

Sie war schließlich nicht seine einzige Mitarbeiterin. Was war mit Jörg und Stephan? Warum gab er ihnen nicht endlich eine Chance? Wann sollten sie seine Theorie beweisen, dass die Jugend dem Alter überlegen ist? Oder fürchtete er doch den Moment der Wahrheit?

»Sie heisst Julia Kirschbauer. Sie hatte letzten Freitag eine Lesung in der *Akademischen Buchhandlung* hier in Trier«, fuhr Bartmann fort, »und ist auf ihrem Heimweg nach Köln verschwunden. Es ist keine Zeit zu verlieren.«

»*Wer*?« Sonjas Frage war ein erstickter Schrei.

»Julia Kirschbauer«, wiederholte er.

»Das gibt's doch nicht«, rief sie, »Julia Kirschbauer?«

»Wie ich bereits sagte.«

Wortfetzen aus *Tod im Schnee* fielen ihr ein, zusammenhanglos. Jeromes Stimme, die leiser wurde, vermischte sich mit ihren Phantasien. Was war passiert und was gehörte nur in ihre Träume? Was hatte er über sie gesagt? Was hatte sie überhört? Sonja erstarrte, hielt den Hörer weit von sich und sah nach Jerome. *Tod im Schnee* lag wie ein Blutfleck auf dem weißen Laken neben ihm, seine rechte Hand verdeckte das Titelbild, und sein Gesicht war in den Kissen vergraben.

»Ich ... kenne ... sie«, sagte Sonja endlich zögernd.

»Ach, ja?«

»Nicht persönlich, meine ich. Ich habe ihr Buch gelesen, beinahe jedenfalls. Ich werde Jerome fragen.«

»Jerome?«

»Meinen Lebensabschnittsgefährten. Sie haben ihn bereits

kennen gelernt. Sie erinnern sich nicht?«

Bartmann legte eine Pause ein. »Nein. Aber was hat dieser Jerome damit zu schaffen?«

»Er war am Freitag auf der Lesung und hat ihr Buch gekauft. Wir haben darin gelesen.«

»Gut. Also wenn Sie diesen ... Jerome fragen würden – könnte nicht schaden. Wenn er tatsächlich etwas wissen sollte, dann wäre der Fall geradezu maßgeschneidert für Sie.«

»Bis gleich.«

Sonja ließ den Hörer fallen, ratterte die Rollladen in die Höhe, öffnete das Fenster weit und ließ Sauerstoff hinein, literweise vermischt mit dem süßen, süchtig machenden Benzingeruch. Sie holte Jerome zurück in die Gegenwart. Er, der Arbeitsame und Tatendurstige, hatte ihre Krankheit genutzt für tagelanges Dahindämmern. »Nachdenken« nannte er das, aber in Wirklichkeit schlief er seinen Jahrhundertschlaf.

»Du hast mir nicht gesagt, dass sie aus Köln ist!« Sie rüttelte ihn wach.

»Wer?«, fragte er entgeistert und das verräterische Aufflackern eines schlechten Gewissens huschte wie ein Schatten über seine dunklen Augen.

»Julia Kirschbauer.«

»Ach die«, klang es erleichtert, »und selbst wenn, wen interessiert das?«

»Mich. Sie ist am Freitag nach der Lesung auf ihrer Fahrt nach Hause verschwunden.«

»Voilà«, sagte er lakonisch und legte sich entspannt zurück.

»Normalerweise verschwinden Autoren nicht nach einer Lesung, oder? Jedenfalls habe ich noch nie davon gehört. Vielleicht berühmte, extreme Autoren in politisch radikalen Ländern. Aber Julia Kirschbauer ist nicht Salman Rushdie. Julia Kirschbauer hat einen kleinen, unbedeutenden Kriminalroman geschrieben und kann froh sein, wenn ihn jemand liest. Sie ist in einer Kleinstadt namens Trier gewesen, die für ihre politisch brisante Lage nicht gerade berühmt ist. Hörst du mir zu?«

»Hm.«

»Also, was weißt du noch?«

»Nichts. Wahrscheinlich konnte sie nicht Auto fahren. Mon dieu. Sie wäre besser mit dem Zug gefahren. Gerade nach Köln. Da gibt es eine wunderbare Verbindung, ohne Umsteigen, mehrmals täglich. Sie hätte erster Klasse fahren können, das hätte ihr gut gestanden.«

Er schüttelte den Kopf in blankem Unverständnis. Er war ein großer Verfechter der öffentlichen Verkehrsmittel. Aber wenn er sich unbeobachtet glaubte, stieg er für jeden Meter ins Auto, in Sonjas Auto, weil er sich weigerte, sich ein eigenes zuzulegen. Er wollte nicht zu dieser Autofahrernation gehören. Niemals.

»Aber nein, sie zog die Ungewissheit einer B 51 vor. In so einer Nacht. Nicht zu fassen«, sagte er anklagend, »kein Wunder!«

»Was meinst du damit?«

»Dass sie in einen dieser typischen Eifelnebel hineingefahren ist, der reine Wahnsinn, hinter der Kaiser-Wilhelm-Brücke gab es nichts mehr. Aber auch gar nichts. Rien. Jedes Kind weiß, wie gefährlich die Nebel in der Eifel sind. Was meinst du, woher all die Legenden und Schauergeschichten kommen?«

»Welche Legenden?«

»Zum Beispiel die von den Nebelfrauen, die jammernd am Straßenrand kauern. Und wehe dem, der hält!«

»Was passiert mit ihm?«

»Sie nehmen ihn mit.«

»Wohin?«

»Es ist noch nie einer zurückgekehrt.« Wohlig räkelte er sich in den Kissen.

»Erzähl mir nicht, dass du an so etwas glaubst.«
»An Untote, Hexen und Geister?«
»Ach, hör auf!«
»An offene Gräber, Irrlichter und Werwölfe?«
»Jerome!«
»Ein bisschen Wahrheit ist immer dran«, meinte er weise, »alles ist möglich!«

Endlich stand er auf und schlurfte in die Küche. Er wollte sie nur auf eine falsche Fährte bringen, dachte sie, sich einen Spaß machen und die Ernsthaftigkeit ihrer Ermittlungen ins Wanken bringen, was sonst. Das war nicht das erste Mal.

Als er sich umdrehte und ihr alarmiertes Gesicht sah, lachte er und sagte: »Chérie, das war ein Scherz!«

Sie schüttelte sich und fuhr sich durch die Haare, um die Visionen abzuwehren. Aber da war es schon zu spät. Die Zündschnur war gelegt. Ihre Phantasie ließ genug Spielraum für Unerklärliches.

Sie hatte schon einen Fuß in der Tür, als er sagte: »Kaffee?«
»Keine Zeit.«
»Zigarette?«
»Keine Zeit.«
»Ich denke du bist krank?«
»Ich *war* krank.«

Sie ließ ihn zurück. Seine zerzausten, dunklen Locken hingen über der dampfenden Kaffeetasse, und Balzac an seiner Seite war auf dem Sprung; seine gelben Augen jagten Schinken. Die wenigen aufregenden Momente in seinem Leben. Sie hatten ihn kurzerhand adoptiert, da sein eiskaltes Frauchen ein paar Jahre im Gefängnis verbringen würde. Jerome liebte Katzen und gab ihm erst einmal einen »vernünftigen« Namen. »Er heisst Tiger? Le pauvre!«, hatte er gesagt. Aber trotz seines berühmten Namens war und blieb Balzac ein streunender Bauernhofkater, der jetzt in einem Zwei-Zimmer-Appartement hockte und sich zu Tode langweilte.

Sonja war lange nicht vor der Tür gewesen, und das Tageslicht blendete, als sie die petrolfarbene Holztür hinter sich zuzog. Die Hortensie im kleinen Vorgarten hatte ihren Winterschlaf angetreten, und überall lagen die rostfarbenen, vertrockneten Blätter der Alleenbäume herum, die jetzt kahl waren und den Blick auf die Fassaden der gegenüberliegenden Häuser freigaben. Es war novemberlich feucht und kalt hier unten und dunstig. Und alles kam ihr fremd und unwirklich vor: die Lindenstraße, die vorbeirasenden Autos Richtung Kaiserbrücke und Moselufer, der ewige Lärm. Sie bog links aufs Martinsufer und Katharinenufer, warf wie stets einen kurzen Blick auf die neblige Mosel, die ohne Wellen durch die Bäume schimmerte und jetzt im November keine weißen Schiffe mehr trug. Hinter der Römerbrücke führte ihr Weg wieder links in die Südallee, die von der Kaiserstraße durch den kleinen, schmalen Park getrennt wurde, am Stadtbad vorbei auf den Parkplatz des Polizeipräsidiums, das gegenüber den Ruinen der Kaiserthermen lag.

»Aug in Aug mit der Vergangenheit«, Jerome beneidete sie um ihren Arbeitsplatz. »Viel zu schade für dich«, klagte er, weil er ihre Abneigung gegen historische Stätten kannte.

Aber sie liebte den Blick von ihrem Fenster im vierten Stock hinüber zu den hoch aufragenden Arkaden, wenn morgens die Sonne darauf lag und wenn sie nachmittags dunkel standen im Schatten. Wenn sie dort drüben säße, müsste sie auf den grauen Bürowürfel hier starren. Sie war historischen Stätten nicht abgeneigt, sie hasste nur Jeromes endlose Vorträge. Sprach sie etwa den ganzen Tag über Leichen, Blut, offene Schädel, zertrümmerte Brustwirbel?

Als sie ihr Büro betrat, fand sie Jörg und Stephan wie immer grübelnd über Akten. An Alex' Schreibtisch saß ein Neuer, der dort nicht hinpasste – sie vermisste Alex immer noch schrecklich, das würde nie aufhören.

Melanie drückte ihr einen Strauß Blumen in die Hand,

Nelken, sie hasste Nelken, es sind Blumen für alte Leute. Stephan und Jörg erhoben sich jetzt und drückten ihr mitfühlend die Hand.

»Das ist unser Neuer«, erklärte Stephan, aber seine schwarzen Plüschaugen ruhten nachdenklich auf ihrem Gesicht, als suchte er die Spuren eines nahen Endes. Der Neue schälte sich zögernd von seinem Sitz. Sein glatt rasierter Schädel nickte, und die Augen hinter der kreisrunden, schwarzen Metallbrille blickten erschöpft und ohne Glanz. Er klaubte Tabakkrümel von der Unterlippe und zerdrückte seine selbstgedrehte *Drum* auf einem verbeulten Metalldeckel.

»Miroslav Kaszyca«, murmelte er.

Sie seufzte. Bartmann hatte es wieder geschafft, noch so einer, woher kamen alle diese Unter-30-Jährigen?

Jörg suchte noch nach einem Begrüßungswort, legte seine Stirn in Falten und nickte. »Ja«, sagte er nach einer Weile, als alle ihn schon abgeschrieben hatten.

Sonjas Schreibtisch war zugestellt mit Aktenordnern, die Birne aus der Schreibtischlampe war ausgeschraubt, die Schale für Stifte geplündert, und auf ihrem Drehstuhl hingen die klammen Winterjacken der Kollegen. Auf dem Monitor ihres Computers schaukelte der Bildschirmschoner »Finger weg« hin und her, aber es hatte nichts genützt. Ihren Arbeitsplatz zweckentfremdet vorzufinden, berührte sie nicht. Ihr neuer Fall sah eher nach langen Überlandfahrten aus, als nach stundenlangem Grübeln am Schreibtisch. Das war ihr nur recht.

Die Kollegen standen verlegen da, als sich seine energischen Schritte näherten. Bartmann. Beruhigend, dass er sich nicht ändern würde, ein Fels in der Brandung, der maßgeschneiderte Anzug saß faltenfrei, die Föhnfrisur lag tadellos.

»Aha. Miss Marple gibt uns die Ehre«, tönte er und stellte sich mitten in die unbeholfene Runde. Dann verschwendete er weder Zeit noch Worte für weitere menschliche Regungen.

»Das wurde aber auch Zeit. Kommen Sie.«

Er bedeutete Sonja mit einem Nicken, ihm zu folgen. In seinem Büro ließ er sich in den ledernen Chefsessel fallen und zeigte auf den armseligen Polsterstuhl ihm gegenüber, auf den man sich nur demütig hocken konnte. Vielleicht würde er jetzt ein so genanntes Rückkehrgespräch beginnen, das neuerdings nach Krankheit oder Urlaub mit den Mitarbeitern angestrebt werden sollte, um eventuelle private Probleme aufzudecken.

Aber ihm lag es völlig fern, sich für seine Mitarbeiter zu interessieren, und hätten sie Vater und Mutter in der Zwischenzeit erschlagen. Bartmann hatte seine eigene Methode, seine Leute zu motivieren. Und er lieferte täglich neu den Beweis, dass sie funktionierte.

»Also, wo waren wir stehen geblieben? Ach ja, Julia Kirschbauer aus Köln«, begann er übergangslos. »Wenn ich mich recht erinnere, sind Sie auch aus Köln zu uns gekommen, warum auch immer. Müßig, darüber nachzudenken, jetzt sind Sie hier.«

Es wäre ihm mit Sicherheit nicht ungelegen gekommen, wenn sie damals ebenfalls auf dem Weg zwischen Köln und Trier abhanden gekommen wäre. Und er hätte nicht halb so viel unternommen, um sie wieder ausfindig zu machen, wie jetzt im Fall der Autorin Julia Kirschbauer. Er hätte ein Schulterzucken erübrigt, erleichtert, dass sich die Dinge manchmal von selbst erledigen.

»Noch nicht sehr lange«, fuhr er fort, »ein Jahr, wenn ich mich ebenfalls recht erinnere, abzüglich Urlaub und Krankheit ... nun, und Ihr erster Fall hier, war nicht gerade ein Coup ...«

Wenn er sie noch *einmal* an ihren ersten Fall erinnerte und an die Tatsache, dass Alex ihn nicht überlebt hatte ... Alex hatte nicht auf sie gehört, und sie weigerte sich, dafür die Schuld zu übernehmen. Offiziell wenigstens. Es reichte, wenn er immer wieder auftauchte in ihren Träumen.

»Vielleicht klappt es ja dieses Mal besser. Ich werde Ihnen einen Vorlauf geben. Sagen wir bis nächsten Montag, ehe ich jeden Krümel Erde wenden und jeden Grashalm umdrehen lassen werde. Dann sollte der Fall in der Schublade liegen. Gelöst selbstverständlich.«

Er hätte sofort Mannschaftswagen anfordern können, um Schusswestenbewehrte getarnt und gefechtsmäßig durch die Ackerfurchen robben zu lassen. Er hätte die aufgeregt japsende Hundestaffel, die alles aufspürte, was atmen konnte, hinterherjagen und dazu donnernde Hubschrauber über dem ganzen Drama kreisen lassen können, aber das kann jeder. Er wollte der Welt beweisen, dass er es auch ohne all dies konnte und dastehen wie Derrick, bundesweit.

»Bis zwölf Uhr Mitternacht?«, fragte Sonja ihn unschuldig.

Er schien einen Moment irritiert, aber dann fand er schnell zurück: »Wir werden also den eventuellen Weg oder auch alle anderen möglichen Wege von hier nach Köln nachfahren, auch Abkürzungen, Umleitungen, die es an dem Tag gegeben hat, bedingt durch Baustellen, Sperrungen, Unfälle, ebenso Schleichwege.«

»Und *wir* bin ich, richtig?«

»Ja, Miss Marple, in der Tat, und Miroslav, Stephan oder Jörg. Sie können wählen«, tat er großzügig und lehnte sich zurück, »aber schonen Sie sie, sie sind jung und unerfahren. Ich verlasse mich auf Sie, überlegen Sie gut, wie Sie es anfangen, und schicken Sie sie nicht wieder vor, wenn es ...«

»Wenn ich sie schonen soll, dann verzichte ich auf sie.«

Bartmann sah sie zweifelnd an: »Sie überschätzen sich.«

»Das werden wir sehen.«

»Ja, wir werden sehen, was dabei herauskommt. Und nicht, dass Sie denken, die Frist sei Schikane, das liegt mir fern. Völlig. Aber der Verleger wird die Presse auf uns hetzen, das müssen Sie verstehen. Ich hasse Pressekonferenzen.«

»Der Verleger? Und was ist mit ihren Angehörigen? Hat sie keine?«

»Der Kollege aus Köln sitzt unten in der Kantine«, unterbrach Bartmann alle weiteren Fragen, »er wird Ihnen alles erzählen. Ein gewisser Roman Zorn. Er dürfte Ihr Jahrgang sein, fast fünfzig, Miss Marple.«

Er grinste zufrieden. Was sollte das schon wieder heißen, zum Teufel. Bartmann war zehn Jahre jünger, ja, aber nur äußerlich, das Innere seines Schädels hatte die Siebzig längst überschritten.

»Wenn Sie sich an ihn wenden würden. Und bitte, sprechen Sie Ihre Vorgehensweise diesmal mit mir ab, ich bestehe darauf. Keine Alleingänge.« Bartmann rollte mit seinem Stuhl näher an den Schreibtisch, strich seine Ärmel glatt und zupfte am Knoten seiner Krawatte, die heute aberwitzige, kleine Muster hatte, gelb auf blau, kleine, lustige Fallschirmspringer, die Richtung Hosenbund trudelten. Er begann geschäftig in einem Aktenstapel zu wühlen. Die Audienz war beendet.

Miroslav Kaszyca hatte die Nelken entsorgt. Ein netter Zug. Jetzt saß er wartend am Schreibtisch und beobachtete Sonja, als sie am Aufzug vorbei zum Treppenhaus ging. Im ersten Stock stieß sie auf Thomas Lennartz von der Mordkommission, beide ganz in Gedanken. In der Mordkommission, da waren sie alle noch abgebrühter und taffer, normalerweise, und hatten nur ein mildes Lächeln für die Sorgen der Kollegen aus dem Vermisstendezernat. »Peanuts« nannten sie alles, was nicht mausetot war. Und tot war nicht gleich tot. Ihre Augen leuchteten, je brutaler der Tod war.

Aber taff sah Thomas Lennartz heute nicht aus.

»Was ist los?«

Er winkte ab, hatte keine Lust auf dumme Sprüche.

»Also, was ist?«

»Stell dir vor«, begann er dann doch, »jemand hat eine Anzeige gemacht, weil er vom Auto aus gesehen hat, wie ein harmloser Wanderer von einem Traktor angegriffen wurde. Von einem Traktor! Man ist nirgendwo und vor nichts mehr sicher. Nicht einmal draußen auf dem Land. Du gehst spazieren, genießt die frische Luft und die herrliche Aussicht, denkst an nichts Böses, träumst vor dich hin, und dann kommt ein wild gewordener Traktor und versucht dich niederzumähen.«

»Der Traktorman?«

»Ja, seit gestern gibt es ihn, den Traktorman! Warum nur hat sich der Wanderer, der da überfahren wurde, noch nicht bei uns gemeldet?«

»Hat er denn überhaupt überlebt?«

»Angeblich ja. Der ältere Herr, der die Anzeige gemacht hat, will gesehen haben, wie sich der Wanderer nach den Attacken des Traktorfahrers humpelnd in ein Waldstück retten konnte.«

»Vielleicht steht er noch unter Schock. Komm, ich spendiere dir 'nen Kaffee, ich will sowieso in die Kantine.«

Sie hakte sich bei ihm unter. Soweit sie wusste, war Thomas Lennartz alleinstehend. Er war Frauen gegenüber unbeholfen und schüchtern. Sie hatte ihn einmal bei einer Jubiläumsfeier beobachtet. Es sah aus, als könnte er sich nie ganz von seiner Arbeit freimachen. Er schien immer in Gedanken.

»Und wo hat sich das abgespielt?«, fragte sie ihn.

»Der Autofahrer war auf der B 51 Richtung Trier unterwegs. Das Opfer auf einem Feldweg in der Nähe der Straße. Der Fahrer wusste auch nicht genau, wo. Er ist nicht von hier.«

»Dem Wanderer wird das Wandern vergangen sein.«

»Er wird die Eifel in Zukunft meiden, wenn er klug ist. So hält man den Tourismus auch in Grenzen.«

»Kann uns das nicht recht sein? Haben wir nicht schon genug Touristen hier?«, fragte Sonja.

»Du bist zynisch. Denk an unseren guten Ruf. Der Eifler an sich ist ein guter Mensch.«

»Das kann nicht sein, dann wären wir längst arbeitslos.«

»Es sind immer die Zugezogenen. Sie verkraften die Einsamkeit nicht und werden seltsam.«

»Danke.«

6. Kapitel

Die Kantine war fast leer um diese Zeit, und der seltsam dünne Koch nutzte die Gelegenheit für ein zweites Frühstück zusammen mit seinen beiden Damen, alle ganz in Weiß von Kopf bis Fuß, im Duft von schmorendem Fleisch und dampfendem Kohl.

Sonja spähte in die Runde und fand schließlich nur das eine Gesicht, das sie noch nie gesehen hatte. Sie ging mit einem Tablett und zwei Kaffeetassen zu ihm. Thomas Lennartz folgte ihr, steckte sein Portemonnaie in die Hosentasche und strich sich beruhigend den Bauch.

»Roman Zorn«, sagte der Fremde, laut, aber mit wohlklingendem Bass. Er erhob sich, eine Andeutung nur, und reichte Sonja die Hand, eine bullige Pranke, in der ihre versank, und lachte mit winzigen Fältchen. Er sah nach Prügel aus, die er einzustecken und auszuteilen gewohnt schien, links fehlte ein Drittel der Augenbraue, und auf der Stirn führte eine Zäsur tief in die Igelfrisur hinein. Er war stämmig und schien nicht allzu groß und hatte doch etwas, das ihr sofort gefiel. Auf jeden Fall war er über dreißig.

»Der Traktorman«, sagte Thomas Lennartz schon wieder und rührte in seiner Kaffeetasse. Er vergaß sich vorzustellen und hörte auch den Namen des Kollegen nicht. Einen Traktorman sucht man nicht alle Tage.

»Wie bitte?«, wunderte sich Roman Zorn.

»Nicht Sie«, erklärte Sonja, »aber Sie sollten vorsichtig sein. Die Eifel ist ein heißes Pflaster. Meiden Sie einsame Feldwege.«

Roman Zorn erinnerte sie an einen ausrangierten Kampfhund, der jetzt nur noch Schafe hüten konnte, irgendwo in der Weite des schottischen Hochlandes.

»Dann legen Sie mal los.«

»Also, dass Frau Kirschbauer verschwunden ist, wissen Sie ja. Ihr ehrenwerter Chef, übrigens mein Beileid, wollte keine

Details hören. Die Vermisstenanzeige stammt seltsamerweise nicht vom Ehemann, sondern vom Verleger namens Klinner in Köln, am Neumarkt.«

»Auch das wissen wir.«

»Selbstverständlich, Frau Kollegin«, lachte Zorn und rieb sich die Hände, »Ihr Ruf eilt Ihnen voraus.«

»Tut er das?«

»Jedenfalls meinte Ihr Chef mir mitteilen zu müssen, dass Sie ...«

»Dass ich eine Koryphäe bin?«

»Nun ja, so hat er sich nicht ausgedrückt.«

Sonja verdrehte sie die Augen, sie ahnte, was jetzt kommen würde.

»Er verglich Sie mit Miss Marple. Charmant, charmant.«

»Ja, ich weiß. Er hält viel von mir. Aber zum Thema: Haben Sie den Verleger und den Ehemann aufgesucht?«

»Nicht direkt. Der Verleger war außer Haus. Und was den Ehemann angeht, wollte ich nicht vorgreifen. Sie sollten alle Informationen selbst aus erster Hand bekommen«

»Also ist das alles, was Sie zu berichten haben?«

»Nun«, gab er zögernd zu, »das ist alles. Der Verleger ist wahrscheinlich auf sie angewiesen, denke ich, und damit unverdächtig. Seine Sekretärin hat übrigens zwei Fotos abgeliefert, eines für Sie, eines für mich, welches möchten Sie?«

Roman Zorn zog zwei Fotos aus der Hosentasche, verknittert und zerknautscht, und er strich sie behutsam glatt. Sonja sah in ein ernstes Gesicht mit blonder Pagenfrisur und schwarzer, viereckiger Brille. Beide Fotos waren völlig identisch, Kopien.

»Sie trug ein dunkelgraues Kostüm an diesem Abend und einen dunkelbraunen Ledermantel«, sagte er und kramte noch Autokennzeichen und Automarke hervor.

»Wer sagt das?«

»Die Sekretärin.«

»Woher weiß sie das?«

»Das trägt sie immer auf Lesungen. Der Verleger habe ihr das empfohlen, sagt sie.«

»Wie originell.«

Plötzlich meldete Thomas Lennartz sich zu Wort, schob seine Kaffeetasse beiseite und fragte: »Ich will ja nicht stören, Sonja, aber redet ihr von einer Schriftstellerin?«

»Die ganze Zeit, mein Lieber.«

»Weißt du, wenn ich mich nicht irre, hat mich eine vor etlichen Wochen, Anfang September oder so, angerufen und wollte wissen, ob ich eventuell bereit wäre, Auskünfte über zurückliegende Kriminalfälle in der Region zu geben, sie schreibe nämlich Eifel-Krimis.«

»Ach!«, sagten Sonja und Zorn wie aus einem Mund.

»Ja. Ich habe ihr ein paar Orte genannt und ihr vorgeschlagen, mich im PP aufzusuchen, ich würde ihr gern einen Blick ins Archiv gestatten, am Telefon könne man das schlecht besprechen. Da könnte ja jeder kommen, nicht wahr?«

»Und welche hast du erwähnt?«

»Ach, wahrscheinlich Schweich, Ehrang, Newel oder so.«

»Was soll denn da passiert sein?«

»Das war lange vor deiner Zeit. Mord und Totschlag natürlich. Das Übliche, nichts Spektakuläres, daran war sie auch nicht interessiert. Sie sagte, man könnte auch aus einer kleinen Geschichte eine große machen. An dieses Satz kann ich mich noch genau erinnern, denn ich fand ihn verwunderlich.«

»Und?«

»Ich habe nie wieder von ihr gehört.«

»Hieß sie Julia Kirschbauer?«

»Ja, das ist gut möglich, so oder so ähnlich. Ich bin aber nicht sicher, Namen sind Schall und Rauch.«

Thomas Lennartz stand einfach auf und ging, Sonja und Zorn sahen ihm verdutzt nach.

Schließlich nahm Sonja eines der Fotos aus Zorns Hand und sagte: »Morgen, acht Uhr im Präsidium« und ließ ihn zurück. Als er den Mund öffnete, um zu widersprechen, schlugen die Glastüren schon hinter ihr zu. Sie drehte sich noch einmal nach ihm um. Er lächelte irritiert. Als Informant war er keine Offenbarung.

* * *

»Und was hast du sonst vergessen zu erzählen?«, riss sie Jerome zu Hause aus seinen Träumen.

»Nichts, mon dieu, ich schwöre bei meiner Seele.«

»Deine Seele ist keinen Sou wert, wenn ich es mir genau überlege, ich werde dich vorladen lassen, du bist nämlich mein einziger Zeuge.«

»Wirst *du* mich verhören?«

»Natürlich. Hochnotpeinlich. Ein Tribunal und ein Mordsspaß, wenn du wegen Behinderung der Justiz in den Kerker geworfen wirst.«

»Soweit ich weiß, befinden sich eure Zellen auf historischem Grund, in den Kellergewölben der Kaiserthermen ... das ist nicht die schlechteste Unterkunft.«

Er würde überall Ruinen und Knochen finden.

»Eh bien. Ich gestehe. Ich werde dir sagen, was mir aufgefallen ist. Mir, dem Laien. Lass mich überlegen. Ich habe dir gesagt, dass es eine reine Frauenveranstaltung war. Aber das stimmt nicht ganz. Es waren drei Männer da. Erstens war *ich* da, moi«, und er klopfte sich auf die Brust, aus der es hohl und leer zurückklang, »der Buchhändler und noch ein Mann.«

»Und?«

»Und nichts. Er saß da auf seinem Stuhl neben mir, hatte *Tod im Schnee* auf dem Schoß, hörte brav zu und ließ es sich zum Schluss signieren.«

»Wie sah er aus?«

»Ganz normal. Hose, Hemd, Jacke. Er hatte braune Haare und einen roten Schnäuzer. Er verließ zur gleichen Zeit wie

Julia Kirschbauer die Buchhandlung. Erst dachte ich, er ginge ihr nach, aber als ich sie im Parkhaus wiedertraf, war er nicht zu sehen.«

»Das heißt nichts«, sagte Sonja und legte die Stirn in Falten, »und wer war noch da?«

»Und sonst niemand Besonderes ... ach doch, da war ein Hund.«

»Ein Hund auf einer Lesung?«

»Ja. Er gehörte der Autorin. Ein friedlicher kleiner Kerl. Hat nicht ein einziges Mal gebellt.«

»Weißt du, wie der Hund aussah?«

»Weiß-schwarz.«

»Groß, klein, dick, dünn, langes Haar, kurzes Haar, na?«

»Was weiß ich. Mittelgroß, mitteldick, mittelblöd ... sein Vater und seine Mutter können nicht viel gemeinsam gehabt haben ... außer einer gewissen Zuneigung zueinander«, er stand auf und kam auf sie zu.

Sonja floh in die Küche.

»So wie wir. Eine gewisse sexuelle Zuneigung unbekannter Provenienz.«

Er folgte ihr.

»Wie hieß er denn?«, versuchte sie abzulenken.

»Schnucki, Putzi, Fifi oder wie ihr Deutschen eure Schoßhündchen so nennt ... je ne sais pas.«

»Und was hat er die ganze Zeit gemacht?«

Sie floh von der Küche ins Bad.

»Was soll er gemacht haben, dagesessen, geglotzt, gesabbert.«

»Hundehasser.«

Sie fiel über Balzac, der sich mit Jerome solidarisierte und mit einem langen Sprung auf den alten Spülkasten setzte, der sofort literweise Wasser von sich gab. Von dort floh er entsetzt auf den Wannenrand und balancierte in Windeseile hinaus. Er stand in der Tür und blitzte mit gelben Augen um die Ecke, als Jerome Sonja erwischte.

7. Kapitel

Roman Zorn war pünktlich und passte Sonja am Dienstagmorgen am Haupteingang des Präsidiums ab. Er war sichtlich guter Dinge und seine Augen waren blank, er schien sich auf diesen Einsatz zu freuen, rieb sich die Hände voller Tatendrang, als könnte er es kaum abwarten, die Höhen und Tiefen der Eifel aufzumischen. Auch Sonja fühlte Neugier auf diesen Tag. Das war kein Fall wie irgendeiner. Sie hatte in der vergangenen Nacht *Tod im Schnee* gründlich gelesen. Auf andere Art als sie sonst Bücher verschlingt. *Tod im Schnee* stand unter Verdacht, war ein Indiz, wie es sonst Handschuhe von Opfern oder Messer von Tätern sind, so konnte jedes Wort in diesem Buch ein Anhaltspunkt oder ein Zeichen sein.

Tod im Schnee war die ergreifende Geschichte über eine Handvoll junger Mädchen aus der Stadt, die sich durch eine Anzeige in die Eifel locken ließen und schließlich in einen Drogenring übelster Sorte gerieten. Statt der versprochenen Ausbildung zum internationalen Star-Mannequin wurden sie als Kindfrauen auf den Strich geschickt, vollgepumpt mit billigem Drogengemisch, ihr Tod wurde als Ritualmord einer Sekte kaschiert. Man fand sie auf einer Lichtung im Schnee, aufgebahrt um ein großes Holzkreuz. Auf ihren Stirnen waren Sterne aus Blut und ihre Hände aneinander gefesselt.

Julia Kirschbauers Buch war ein Plädoyer für die Jugend und hatte sie berührt. Aber die Spur, nach der sie gesucht hatte, hatte sie nicht gefunden, nichts darin schien im Zusammenhang mit dem zu stehen, was geschehen war.

»Glauben Sie, dass *Tod im Schnee* etwas mit ihrem Verschwinden zu tun hat?«, fragte Zorn unvermittelt, als könnte er Gedanken lesen.

»Es sieht nicht so aus. Aber man weiß nie, welch finstere Machenschaften in kranken Hirnen ihr Unwesen treiben.«

Sein blauer Ford war kein Prunkstück, schien eher sein

zweiter Wohnsitz zu sein, er machte seltsame Geräusche, war bereits müde von der Fahrt nach Trier. Heiße Luft quoll in Schüben aus dem Gebläse. Ein einsames Schokoladenplätzchen auf der Ablage war zu Brei geschmolzen. Bei den jetzigen Temperaturen musste das schon eine ganze Weile her gewesen sein. Sie führte Zorn über die Ostallee und die Theodor-Heuss-Allee geradewegs zur Kaiser-Wilhelm-Brücke. Vor ihrer Haustür in der Lindenstraße sah sie Jerome mit einem Stapel Bücher in den Polo steigen.

»Hübsches Städtchen, dieses Trier«, sagte Zorn.

»Ja, darum bin ich hier.«

»Und Sie vermissen Köln kein bisschen?«

»Manchmal schon.«

Er sprach ein bisschen Kölsch, hatte nur einen winzigen Akzent, eine Melodie, die sie rührend fand.

»Ich bin nicht wirklich freiwillig hier. Aber auch nicht ungern. Damals standen Versetzungen an, und ich hatte die Wahl zwischen Düsseldorf und Trier.«

Er lachte: »Das war keine faire Wahl.«

»Sehen Sie. Aber es ist okay hier. So eine kleine Stadt hat eine Menge Vorteile. Sie ist überschaubar.«

»Und was noch?«

»Na ja, es ist ... es ist ein bisschen wie Urlaub. Wenn Bartmann nicht wäre.«

»Ja, Bartmann ist ein Teufelskerl.«

Dann erzählte sie ihm, woran Jerome sich unter Androhung juristischer Konsequenzen mühsam und höchstwahrscheinlich unvollständig erinnert hatte. Aber er hörte nur mit einem Ohr zu, denn seine nächste Frage zielte in eine ganz andere Richtung.

»Wer ist Jerome?«

»Mein Lebensabschnittsgefährte.«

»Aha. Also, die B 51, die Bitburger«, sagte Zorn kommentarlos und gab Gas.

Dauerregen floss in Strömen aus dem durch und durch dunkelgrauen Himmel, und so wie es aussah, würden sie den lieben langen Tag hinter den hektischen Scheibenwischern verbringen, die die Flut kaum schafften und jedes Mal elend quietschten auf dem Weg zurück an den unteren Scheibenrand. Der Ford nahm die Serpentinen in Angriff, aber oben auf der Anhöhe angekommen, als von der Stadt schon nichts mehr zu sehen war, stieg Zorn in die Bremsen und fuhr rechts an den Straßenrand.

»Haben Sie das Schild gesehen?«

Er setzte noch ein paar Meter zurück und landete haarscharf an der Böschung. Dann sah sie es auch, das blaue Autobahnschild, links in Richtung Luxemburg.

»Und wenn sie hier abgebogen ist?«, fragte er.

»Es gibt tausend Wenn und Aber. Sie könnte auch hier oben umgekehrt und zurückgefahren sein, oder den nächsten Feldweg genommen haben, hier rechts tief in den Wald hinein, oder sie ist rückwärts gerollt und geradewegs in die Mosel gestürzt, alles ist möglich.«

»Also, immer der Reihe nach, wir prüfen zuerst das Wahrscheinliche, dann das Unwahrscheinliche, dann das Unmögliche und dann ... legen wir den Fall zu den Akten.«

»Ja, wie immer«, sagte sie.

»Wir kennen schließlich unseren Job und sind Profis, stimmt's?«

»Ja. Profis.«

Seine Schläfen waren grau, stellte sie mit einem Seitenblick fest, und das beruhigte sie.

»Lassen Sie uns auf der B 51 bleiben«, sagte sie, »in einer Nacht wie dieser, wird sie es nicht gewagt haben, sie zu verlassen.«

Vor ihnen tuckerte ein Milchlaster *Eifelperle* mit silbern glänzendem Tank, und nachdem sie ihn mühsam nach vielen Anläufen überholt hatten, bog er sofort rechts in den nächsten Feldweg ein, ohne zu blinken, und sie hingen an der Stoßstange eines Bierlasters aus Bitburg. Die B 51 ist streckenweise dreispurig, und die typische Verkehrssituation ist der qualmende, röchelnde LKW, gefolgt von vier bis fünf unglücklich drängelnden PKWs.

»Man weiß niemals, ob man den LKW schafft, bevor die Überholspur zu Ende ist«, brummte Zorn, »ein Glücksspiel. Die Typen geben Gas, wenn sie sehen, dass man überholen will.«

Er war kein Raser, und so bummelten sie hinter dem Bierlaster her. Wenn er in dem Tempo weitermachte, hätten sie den Bartmann'schen Vorlauf bald verbraucht, dachte Sonja und trommelte ungeduldig mit den Fingern aufs Armaturenbrett.

Als Profis wussten sie natürlich, dass auf zehn Nachfragen eine positive Antwort kam, maximal, wenn man einen guten Tag hatte. Erst im Hotel *Panorama* kurz vor Windmühle, nachdem sie das Gewerbegebiet von Sirzenich, die Orte Neuhaus und Hohensonne, mit seiner schmutzig-rosa Kapelle, schon hinter sich gelassen hatten, gab es die erste Spur.

Sonja schickte Zorn auf den Parkplatz und kramte das Foto hervor. Es standen zwei weitere PKWs auf dem Parkplatz neben dem Haupteingang, ein Lieferwagen für Wäsche und ein Heizungsreparateur. Der Portier war nicht auszumachen, als sie verloren an der Rezeption herumstanden, die ganz in Mahagoni und mit roten Teppichen und Stoffen vornehm und gediegen wirken sollte. Alle Schlüsselhaken waren besetzt. Es gab entweder keine Gäste oder sie waren alle ausgegangen. Eine Putzfrau mit Staubsauger und Wäschewagen kam vorbei, dann der Heizungsmonteur im roten Overall und mit Werkzeugkiste und eine Küchenhilfe in weißem Kittel mit mürrischem Gesicht. Sonja ließ sich in einen der tiefen Sessel fallen, und Zorn schlug energisch auf die Klingel auf der Empfangstheke. In edlem Zwirn, mit Weste und

Fliege, tauchte der Herr des Hauses auf, Handy am Gürtel, Terminkalender in der Rechten, einen kleinen Bauch vor sich hertragend, in spitzen, altmodischen Schuhen.

»Sie möchten ein Zimmer?«, rief er schon von weitem, »ich rufe sofort unseren Portier.«

»Moment«, unterbrach ihn Sonja, stand auf und zeigte ihm ihren Ausweis.

»Herr ...?«

»Willems«, sagte er und wurde verlegen und nervös. »Polizei, was ist geschehen? Ich hatte noch nie Polizei im Haus. Dies ist ein ...«

Sonja unterbrach ihn, berichtete kurz und knapp, nannte Namen, Automarke, Kennzeichen und zeigte ihm das Foto.

»Am 6. November, sagen Sie?« Er blätterte aufgeregt im Belegungsbuch. »Nichts, sehen Sie? Ein normaler Freitag. Da ist es ruhig hier, vor allem um diese Jahreszeit. Ab Samstag sind wir meist belegt, das Wochenende über, im Sommer allerdings ständig«, beteuerte er, »dies ist ein ...«

»Gut gehendes, viel besuchtes Hotel von tadellosem Ruf, niemand zweifelt daran«, sagte Sonja.

Er drehte das Buch zu ihnen herum. Am Freitag, dem 6. November 1998, hatte nicht einziger Gast unter seinem Dach geweilt.

»Alle Gäste müssen eingetragen werden. Und wie Sie selbst sehen, da steht nichts.«

»Wenn wir jetzt doch den Pförtner sprechen könnten?«

»Aber sicher, aber sicher, den *Portier,* nichts lieber als das.«

Diensteifrig befahl er ihn über die Haussprechanlage herbei.

Es wäre ein ruhiger Abend gewesen, erklärte dieser, grauhaarig in weißem Hemd, mit dunkelroter Weste und Taschenuhr und dem Gesicht eines Buchhalters.

»Und zwischen zehn und elf Uhr?«

»Ja«, erinnerte er sich prompt, nach einem kurzen Blick auf das Foto, »sie war hier, aber einen Hund habe ich nicht gesehen, vielleicht hat sie ihn draußen oder im Auto gelassen, aber auch das Auto habe ich nicht gesehen.«

»Wann war das?«

»Das war vor elf, mit Sicherheit, um halb elf circa, würde ich mal sagen.«

»Zimmer hatten Sie ja genug«, sagte Sonja.

»Schon, aber sie wollte kein Zimmer. Sie wollte nur telefonieren.«

»Wissen Sie, wen Sie angerufen hat?«

»Nein, denn ein Gespräch kam nicht zustande, weil unsere Telefonanlage defekt war.«

»Haben Sie kein Handy?«, fragte Zorn ungläubig.

»Unsere Telefonanlage war defekt?«, fragte Willems entsetzt dazwischen, »wieso weiß ich nichts davon?«

»Chef, Sie haben doch selbst gesagt, wir sollen Sie nicht mit Kleinigkeiten behelligen, und am nächsten Tag kam doch schon einer und hat sie repariert, ohne dass ich die Störung melden musste. Hätte ich ja auch nicht gekonnt, denn mein Handy hatte ich zu Hause vergessen.«

»Hatte sie Angst? War sie in Not? Irgendetwas?«

»Nein.«

»Und was hat sie dann gemacht?«

»Dann hat sie das Hotel natürlich wieder verlassen.«

»In welche Richtung ist sie gefahren?«

»Es war dunkel und dichter Nebel, und ich habe sie nicht beobachtet. Ich hatte zu tun.«

»Ja, ja, schon gut. Name, Wohnort?«, fragte Sonja nur.

»Herbert Burbach, ich wohne in Gilzem.«

* * *

»Wissen Sie, worüber ich mich wirklich aufregen kann?«, fragte Zorn sie aufgebracht, als sie wieder nebeneinander im Auto saßen.

»Über Leute, die nichts sehen, nichts hören, nichts sagen?«, fragte Sonja zurück.

»Ja«, sagte er wütend.

»Warum sollte man uns mehr sagen als nötig?«

Zorn hielt einen wütenden Vortrag über Mitverantwortung und Vereitelung und Sozialverhalten im Besonderen und im Allgemeinen und sie nickte lachend.

»Habe ich Ihnen eigentlich gesagt, dass Max stumm ist?«, fragte er, nachdem er sich wieder beruhigt hatte.

»Wer ist Max?«

»Julia Kirschbauers Hund.«

»Sie haben mir nicht einmal etwas von der Existenz eines Hundes gesagt,« erinnerte Sonja ihn und dachte an Jerome. Zorn war nicht viel besser als er, gelassen und tröpfchenweise ließen sie die wichtigsten Informationen fallen.

»Dann muss ich das vergessen haben«, gab Zorn zu, »die Sekretärin sagte, dieser stumme Hund wäre immer dabei.«

Max, der stumme Hund, dachte Sonja, das konnte man sich leicht merken.

* * *

Hinter Windmühle fuhr Zorn direkt an die Zapfsäulen einer Freien Tankstelle. Ein bleicher, junger Mann saß im Kassenraum in ein Kreuzworträtsel versunken, seine Finger spielten mit dem Stift, waagerecht und senkrecht. Er sah nicht hoch, als sie eintraten.

Zorn fiel mit der Tür ins Haus, fragte nach Julia Kirschbauer und hielt ihm das Foto unter die Nase.

»Gegen dreiundzwanzig Uhr sagten Sie?«, wiederholte er die Frage und in sein bleiches Gesicht kam Leben für einen Moment, »ja, doch, um die Zeit war so eine Frau hier.«

»Und? Wollte sie tanken?«

»Nein, sie wollte nur telefonieren, aber sie hat wohl niemanden erreicht. Vielleicht hatte sie auch die falsche Vorwahl, was weiß ich. Sie hat es ein paar Mal probiert, aber es kam kein Gespräch zustande.«

»Und dann?«

»Dann ist einfach rausgerannt. Hat sich nicht einmal verabschiedet. Ein bisschen hysterisch, wenn Sie mich fragen.«

»Zu ihrem Auto?«

»Ja, logisch. Das stand ja vor der Tür.«

»Und in welche Richtung ist sie gefahren? Bitburg oder Trier? Nach links oder rechts?«

»Puh, keine Ahnung. Ich habe ihr nicht nachgesehen«, sagte er und setzte sich wieder, das germanische Volk am Rhein mit fünf Buchstaben zu finden und dafür einen Toaster mit Brötchenaufsatz zu gewinnen.

»Das hier war Bruno Mathey aus Gilzem, stand an der Eingangstür«, sagte Zorn, als er einstieg, »... der nichts gehört und gesehen hat.«

»Na, und wenn schon.«

* * *

Helenenberg erhob sich mitten in der Einöde des Bitburger Gutlandes. Zorn parkte im Hof des Eduardisstifts.

»Das ist heute eine Schule der Salesianer«, erklärte Sonja, »ein Internat. Und hier ist garantiert um zehn Uhr Licht aus.«

»Ja, aber es wird auch hier einen Portier geben. Wetten?«

»Einen, der nichts gehört und nichts gesehen hat? Garantiert!«

»Bleiben Sie sitzen, lassen Sie mich das machen«, schlug Zorn vor, »ich bin gleich zurück. Sie sind noch nicht trocken.«

Im Hinterhof auf einem kleinen Sportplatz tobte sich eine Handvoll 15-Jähriger aus, die neugierig auf den Fremden zeigten, einander in die Rippen boxten und wild durcheinander sprachen. Sie beugten sich interessiert über das Foto und schüttelten die Köpfe, und so geschah es auch an der Pforte. Der Pförtner hielt die gefalteten Hände demütig über seinem wohlgenährten Bauch und sah Zorn milde lächelnd nach. Als er Sonja im Auto sitzen sah, winkte er.

»Und?«, fragte Sonja Zorn, als er wieder einstieg.

»Nichts, aber ich habe den Segen des guten Kirchenmannes für diesen Tag bekommen und den Rest meines Lebens und darüber hinaus. Jetzt kann mir nichts mehr passieren. Warten Sie, ich gebe Ihnen etwas ab, das kann nicht schaden.«

Und er malte ein Kreuz auf ihre Stirn und strich die tiefen Sorgenfalten über der Nasenwurzel glatt.

»Und wenn doch?«

Er lachte: »Sie glauben an nichts, oder?«

»Woran auch?«, fragte sie, und die Nebelfrauen standen plötzlich für eine Sekunde vor ihr, weiße, verschwommene Schatten, die wieder verschwanden und nur eine faserige Wolke zurückließen. Ein dünner Schauer lief ihr über den Rücken.

»Nein, ich glaube an nichts«, sagte sie mehr zu sich selbst als zu ihm.

»Julia Kirschbauer ist am Eduardisstift vorbeigefahren oder vorher abgebogen«, resümierte Zorn.

»Oder dieser Hirte in seiner Pforte hat gelogen.«

»Ein Kirchenmann und lügen?«

8. Kapitel

Es tat sich lange nichts auf der B 51. Schnurgerade nähert sie sich der Stadt Bitburg, links und rechts nur Felder, ab und zu ein kleines Dorf, wenige Häuser an eine Kirche geduckt, eine abgelegene Scheune, ein vergessener Anhänger schief auf dem Feldweg, ein paar Kühe ergeben im Regen. Im Frühling und im Sommer, wenn Bussarde und Habichte ihre einsamen Runden zogen, Eidechsen ihr kaltes Blut auf den heißen Steinen wärmten, die Wiesen und Felder bunt und die Luft voller Leben war, dann war es leicht, sich hier wohl zu fühlen. Dann kamen sie alle, die Touristen, die Wochenendfahrer, die Städter aus ihren grauen, stickigen Häusern und füllten die Gartenlokale, die Wanderwege, die Burgruinen. Auch im Winter, wenn alles weiß war, sah man sie in ihren grellen Jacken die verwaisten Feldwege durchpflügen. Überall sah man die schmalen Spuren der Langläufer und in regelmäßigen Abständen daneben die runden Abdrücke ihrer Stöcke. Die sanften Hügel wurden zu Pisten, und wenn die schwarze Erde bucklig durchschimmerte, suchten sie sich neue, unberührte, entlegenere.

Aber im November, wenn der heimelige Geruch nach Holzkohle über allem war, verirrte sich kein Tourist mehr auf die windigen Höhen. Der November war der Nebelmonat, die graue Stille vor dem Winter, die Zeit des angehaltenen Atems. Geheimnisvoll und gespenstisch waren die menschenleeren Straßen, leer gefegt die Gasthöfe. Die Augen täuschten sich, sahen Schatten und Lichter, die Ohren hörten klagende Musik und ferne Stimmen. Modriger, feuchter Geruch lag über den Gräbern der Friedhöfe, und der Gedanke an das grau-weiße Licht in einer Vollmondnacht jagte eiskalte Schauer über die Haut. Es war der November, der die Phantasie wachrief und schürte, wie kein anderer Monat. Und Sonjas Lieblingszeit. Wenn die Sonnenhungrigen von fernen Stränden unter Palmen träumten, dann machte sie sich auf den Weg in die verlassene

Eifel. Von ihren Spaziergängen erzählte sie nicht einmal Jerome. Es war die absolute Stille, die den Schrei eines schwarzen Rabenvogels zum Ereignis machte, und die Monotonie der Landschaft, in der ein einsam stehender, kahler Baum zur Sensation wurde. Wie sollte sie ihm das erklären? Wie sollte sie das irgendjemand erklären, ohne ein mitleidiges Lächeln zu ernten?

Es wurde später Nachmittag und der Himmel über den schwarzen Fichtenwäldern immer dunkler. Der Ford geriet auf den Brücken ins Schlingern und Zorn hielt das Lenkrad mit aller Kraft. Der Radiosender, der sich immer wieder verlor, war nur noch ein Knirschen und Rauschen. Endlich erreichten sie Bitburg. Weithin sichtbar, eindrucksvoll über den Hügelketten des Bitburger Gutlandes; die Brauerei, und der Platz, auf dem sie heute stand, hatte sich schon den Kelten und Römern als strategisch günstiger Ort angeboten. Und es sah ganz so aus, als hätte es Julia Kirschbauer verstanden, dieser Welt spurlos den Rücken zu kehren. Der Portier im Hotel *Panorama* und der Tankwart Bruno Mathey waren und blieben die Einzigen und Letzten, die sie gesehen hatten.

An den Ufern der Kyll hieß Nordrhein-Westfalen sie willkommen. Aber weder vor noch nach dem Grenzschild war irgendetwas anders. Da waren die gleichen Bäume, da war der gleiche Wind.

»Hier beginnt mein Revier«, sagte Zorn, zeigte auf das Ortsschild von Dahlem und steuerte einen kleinen Gasthof in der Ortsmitte an.

»Darf ich Sie zum Mittagessen einladen, bevor wir dem Mann und der Schwägerin von Julia Kirschbauer und dem Verleger in Köln einen Besuch abstatten?«

* * *

Eduard Klinner war unerwartet jung, und wenn er überrascht war über den unangemeldeten Besuch, so zeigte er es nicht. Er ging voraus in sein Büro, aber er bot Sonja und Zorn keinen Stuhl an, stellte sich zwischen seine beiden deckenhohen Gummibäume und erklärte kurz und bündig, er sei tief enttäuscht. Auf seinem Kopf bahnte sich ungestört eine Glatze ihren Weg.

»Wenn ich bedenke, wie viel ich in sie investiert habe.«

»Was denn?«

»Sie können vielleicht Fragen stellen.« Er schüttelte fassungslos den Kopf. Und dann begann er Julia Kirschbauers Werdegang, den sie ihm zu verdanken hätte, vor ihnen auszubreiten.

»Sie hat bis jetzt drei Bücher geschrieben, alles Krimis. Sie laufen ganz gut, aber nicht besonders gut. Ich gebe ihr eine Chance. Warten Sie.«

Er holte aus einem Bücherregal drei rote Bände und reichte sie Roman Zorn.

»*Im Schatten der Burg, Maar der Toten* und schließlich, gerade erst erschienen, *Tod im Schnee*, das Buch, das sie in Trier vorgelesen hat. Sie hat ein neues in Arbeit *Tödliche Ernte*. Aber es wird sicher auch wieder kein Bestseller werden.«

»Woher wissen Sie das?«

»Hören Sie mal, ich bin Verleger.«

»Wo ist denn die *Tödliche Ernte* angesiedelt?«, fragte Sonja.

»In irgendeinem Kaff in der Eifel, wie immer. Das ist nun mal ihre Spielweise. Der Himmel weiß, warum. Soweit ich weiß, stand sie noch ganz am Anfang mit ihrer Arbeit. Ich habe den Titel aber schon mal in die Vorschau gebracht. Sie hat inzwischen einen Namen, zuverlässig und lesbar, die Buchhändler kaufen auf Verdacht. Und wie stehe ich jetzt da!«

»Das Thema kennen Sie wahrscheinlich auch nicht?«

Klinner schüttelte den Kopf.

»Sie scheinen nicht besonders interessiert.«

»Ich habe ganz andere Projekte, um die ich mich kümmern

muss. Wirklich große Projekte.«

»Wenn sie immer unterschiedliche Landstriche wählt, dann muss sie sich in der gesamten Eifel also bestens auskennen?«, hakte Zorn nach.

»Ich weiß auch das nicht«, sagte Klinner genervt, »*Tod im Schnee* ist jedenfalls das einzige Buch, das in Trier und Umgebung spielt. In ihrem Arbeitszimmer habe ich einmal stapelweise Karten und touristisches Info-Material gesehen. Vielleicht hat sie nur vom Schreibtisch aus recherchiert. Das könnte ich mir sogar gut vorstellen. Sie reist nicht gern.«

»Haben Sie ihr das auch empfohlen?«

»Wie meinen Sie das?«

»So, wie das dunkelgraue Wollkostüm?«

Klinner seufzte: »Sie ist ein bisschen weltfremd. Ich habe sie unter meine Fittiche genommen. Aber ich bin natürlich in erster Linie Geschäftsmann und will verkaufen.«

»Wissen Sie«, begann Roman Zorn nachdenklich, »manche Firmen brauchen Abschreibungsobjekte. Verlage doch sicher auch. Kann es sein, dass Julia Kirschbauer nur ein Abschreibungsobjekt ist? Dass sie Verluste machen *soll*.«

Klinner grinste unverschämt: »Ich glaube nicht, dass Sie als Beamter beurteilen können, was sich in der freien Wirtschaft abspielt.«

»Nun, ich komme viel herum.«

Sonja wechselte das Thema: »Was, glauben Sie, ist passiert? Kann ihr Verschwinden mit ihren Büchern zu tun haben?«

Herr Klinner wand sich und überlegte lange. Schließlich erklärte er, dass er eigentlich zu der festen Überzeugung gekommen wäre, dass sie sich auf und davon gemacht hätte. »Mit voller Absicht«, wie er sagte, wahrscheinlich um ihn zu ruinieren. Obwohl er sie doch behandelt hätte, wie ein rohes Ei.

»Schriftsteller, ich sage Ihnen, schwierige Leute, das können Sie mir glauben. Aber die Lyrik war wohl doch stärker als die Vernunft. Wissen Sie, sie ist eine talentierte Frau. Sie könnte auch in der Lyrik etwas leisten. Aber wer soll das kaufen, frag ich Sie? Schreiben ist auch bloß ein Geschäft, wie jedes andere. Angebot und Nachfrage. Aber sagen Sie das mal einem Schriftsteller.«

Das Telefongespräch, das seine Sekretärin durchstellen wollte, wies er ab.

»Jetzt nicht«, schrie er in den Hörer und eine Locke fiel in seine Stirn, »ich habe Ihnen doch gesagt, ich will nicht gestört werden.«

Er knallte den Hörer auf die Gabel.

»Denn – wie gesagt – wer sollte ihr etwas anhaben wollen? Sie ist eine völlig harmlose Person, die sich auch sicherlich nie mit unsauberen Geschäften abgeben würde. Das kann ich mir alles gar nicht vorstellen. Es ist mir völlig schleierhaft.«

Dann hielt er ihnen einen kurzen aber eindeutigen Vortrag über Verlagsrecht und erklärte, in welch miserabler Lage er als Verleger sich nun befände.

»Also nur der Tod entbindet den Autor davon, seinen Vertrag einzuhalten?«, fragte Sonja.

»So weit würde ich nicht gehen«, lenkte er ein und strich mit der flachen Hand die Locke zurück, »natürlich gibt es einvernehmliche Vertragsauflösungen.«

Aber er machte dabei ein sehr bedenkliches Gesicht und wiegte den Kopf hin und her.

9. Kapitel

Zorn hielt vor dem schmiedeeisernen Zaun mit den goldenen Knäufen. Zwei Löwenköpfe bewachten das Portal. Sonja saß starr da, als er ihre Türe öffnete und siegesgewiss lächelte.

»Willkommen im Land der Reichen und Schönen. Darf ich bitten?« Seine Rechte holte weit aus, verbeugte sich und lud zum Aussteigen ein – wie ein altgedienter Chauffeur, dem Handschuhe und Mütze abhanden gekommen waren. Es war friedlich hier, nicht die Jahreszeit für zartes Vogelgezwitscher, aber Sonja glaubte es dennoch zu hören. Irgendwo kläffte ein Hund, aber da waren keine Kinderstimmen und kein Autolärm, kein Leben auf der leeren Straße. Und schon gar keine Essensdüfte zweifelhafter Herkunft. Die Fenster der Villa waren vergittert, auch die im oberen Stockwerk. Unter dem Dachvorsprung blinkte warnend eine Alarmanlage rot auf, und Bewegungsmelder hatten das ganze Anwesen unter Kontrolle. Keine Chance. Sonja fühlte sich beobachtet, als sie sich dem Haus näherten. Augen überall. Ihre Schritte knirschten im nassen Kies und der Rasen glänzte sattgrün im Regen.

Christine Kirschbauer erwartete sie in einem holzgetäfelten Wohnzimmer mit schweren Teppichen, Kamin und Bibliothek. Sie war eine zierliche Person, mit einer schmalen, gebogenen Nase und winzigen Augen, Punkte, die unruhig hin- und herglitten. Ob sie ihrem Bruder glich, blieb zunächst ihr Geheimnis, denn von Christoph Kirschbauer war keine Spur, und sie erklärte es sofort: »Er hat sich hingelegt. Er fühlte sich nicht wohl.«

Sie wandte sich Sonja zu, sah mit schräg gelegtem Kopf zu ihr hoch und tat als existiere kein Zorn. Sie hatte eine unangenehm zischende Stimme, als sie fragte: »Haben Sie Julia gefunden?«

Eine Haushaltshilfe brachte Kaffee. Die Tassen klirrten auf dem Tablett, als sie es ungeschickt auf den Tisch stellte. Frau Kirschbauer bedachte sie mit einem strengen Blick und zischte zwischen geschlossenen Lippen einen Vorwurf.

»Nein«, sagte Sonja, »leider nicht. Wir fragen uns die ganze Zeit, warum wir erst nach vier Tagen eine Vermisstenmeldung bekommen haben und dazu nicht einmal von Ihnen?«

Frau Kirschbauer vergrub die kleinen Hände in ein rosa Taschentuch, das sie zuknotete und aufband, wickelte und drehte.

»Am letzten Wochenende ging es Christoph wieder sehr schlecht, ich konnte nicht von seinem Bett weichen. Er hatte einen Rückfall, und ich fürchtete schon, ich müsste den Notarzt holen. Ich hatte wirklich andere Sorgen.«

»Er vermisst wahrscheinlich seine Frau, das ist doch normal.«

»Das glaube ich nicht. Ob Julia hier ist oder nicht, es macht keinen großen Unterschied.«

»Wie meinen Sie das?«, fragte Sonja.

»Julia lebt nur für ihre Schreiberei, müssen Sie wissen. Völlig zurückgezogen, verbringt sie ihre Tage und Nächte in ihrem Zimmer. Wenn *ich* nicht wäre ... sie kümmert sich weder um Christoph noch um den Haushalt oder irgendetwas anderes, das nichts mit ihrer Schreiberei zu tun hat. Ich erledige alles für Christoph, mache lange Spaziergänge mit ihm, unterhalte ihn, muntere ihn auf. Und sie verlässt sich auf mich. Ich wohne hier, seitdem er krank ist. Wenn ich nicht wäre ...«

»Und vor seiner Krankheit?«

»Ach, man bekommt einen Schlaganfall nicht aus heiterem Himmel, nicht wahr?«, wich sie aus.

Und als Sonja sie fragend ansah, fuhr sie fort: »Sein Arzt, Professor Schmidt aus Merheim, sagte, er hätte sich übernommen. Eindeutig. Er hatte einen sehr anspruchsvollen Beruf, er hat sich sehr engagiert für seine Studenten, er war ein ausgezeichneter Professor, und er hätte ein Zuhause haben sollen, in dem er auftanken konnte, sich erholen und entspannen. Er hätte eine Frau an seiner Seite haben müssen, die ihn unterstützt, damals wie jetzt, jetzt erst recht. Er war ...«

»Was war er?«

»Er war völlig überlastet.« Aber sie sah aus, als hätte sie lieber etwas anderes gesagt. »Er hat sie immer in Schutz genommen, sie immer verstanden. ›Sie ist eine Künstlerin‹ hat er zu mir gesagt, ›Künstler sind anders‹. Und er wollte, dass ich es akzeptiere.«

»Und, haben Sie es akzeptiert?«

»Aber natürlich. Auch wenn es mir manchmal schwer fällt mit anzusehen, wie sie ihn vernachlässigt, das muss ich zugeben. Aber es geht doch nur um ihn, nicht wahr? Und ich will ihn doch nicht zusätzlich belasten. Das wäre nicht gut für ihn.«

Sonja nickte. Sie tranken schwarzen, starken Kaffee aus dünnem Porzellan. Und Zorn zog nach dem ersten Schluck die Augenbrauen hoch und machte ein begeistertes Gesicht. Das war ein anderer Kaffee, als der, der in den Nachtschichten aus den Kaffeeautomaten in Pappbecher rieselte.

»Es ist ein armseliges Leben, das er führen muss«, sagte Frau Kirschbauer theatralisch und zeigte pures Leiden, »es ist nicht einfach mit Christoph und seiner Krankheit. Aber ich bin gern mit ihm zusammen. Wir haben eine Pflegerin, tagsüber, und sonst bin ich es, die sich um ihn kümmert. Wir sind *Zwillinge*, müssen Sie wissen.«

Und so wie sie Zwillinge sagte, schien dies die Erklärung für alles, was hier geschehen war.

»Christoph und Christine«, brummte Zorn, »wie rührend.« Aber weder Sonja noch Frau Kirschbauer beachteten ihn.

»Zwillinge?«, fragte Sonja nach.

»Ja«, wiederholte Frau Kirschbauer, »Zwillinge verbindet ein besonders tiefes Band. Wir haben unser ganzes Leben miteinander verbracht, bevor Julia in sein Leben trat. Hier sind wir aufgewachsen, und hier sind wir noch. Und hier möchten wir auch sterben.«

»Nun mal langsam, Sie zumindest erfreuen sich doch bester Gesundheit.«

»Nicht so, wie es aussieht. Ich leide sehr mit ihm mit, und das bleibt nicht ohne Spuren. Es ist furchtbar, wenn man nicht helfen kann.«

Hier wurde in der Tat ziemlich viel gelitten, und so wie Zorn hinter Christine Kirschbauers Rücken den Kopf bedauernd schüttelte, war er der gleichen Meinung.

»Wir haben gehört«, lenkte Sonja ab, »dass ihre Schwägerin an einem neuen Buch arbeitet. Können wir vielleicht das Manuskript sehen?«

»Aber sie schreibt am Computer«, wich Frau Kirschbauer aus.

»Dann wollen wir eben den Computer sehen.«

»Kommen Sie.«

Frau Kirschbauer führte sie in den ersten Stock des Hauses, in ein Atelier unterm Dach. An den Wänden hingen Karten von der Eifel, in den Bücherregalen standen Bücher über die Eifel und ein paar Aktenordner. Der Schreibtisch war außer dem darauf stehenden Monitor mit Tastatur und Maus leer.

»Sieht aus, als hätte sie alles gut versteckt«, sagte Zorn und bückte sich, um den Computer einzuschalten.

Während er versuchte das Passwort zu knacken, blätterte Sonja in den Aktenordnern, die außer Rezensionen, Fotos und Honorarabrechnungen keine Geheimnisse preisgaben. Sie öffnete die Schreibtischschubladen, in denen sie nur Belangloses fand.

»Mist«, fluchte Zorn, »ich komm nicht dran.«

Als Sonja sich zu ihm umdrehte, glaubte sie ein flüchtiges Lächeln auf Frau Kirschbauers Gesicht gesehen zu haben.

Sonja fragte weiter, als sie wieder die Treppe zum Wohnzimmer hinabstiegen:

»Und in der Nacht des 6. November, waren Sie da hier?«

»Aber natürlich, nachts lasse ich Christoph nie allein. Nie. Wo sollte ich denn gewesen sein? Wie könnte ich ihn allein lassen! Gerade nachts.« Frau Kirschbauer starrte sinnend aus dem Fenster in einen ebenmäßigen, gepflegten Garten, arrangierte eine Gardinenfalte neu und fuhr fort: »Damals ist es auch nachts passiert. Das ist jetzt über ein Jahr her. Ein Jahr ist lang, wenn man krank ist. Am Anfang hatte er wohl die Hoffnung, wieder gesund zu werden, wir alle hatten sie, aber die Lähmungen gingen nicht zurück, und schließlich gab er auf. Und jetzt verliert er auch allmählich noch seine Sehkraft. Wie wird das enden? Es wird Zeit, dass hier in diesem Haus endlich Ruhe einkehrt.«

Sie legte den Kopf schief vor Trauer und Hoffnungslosigkeit.

»Vielleicht tut es das jetzt«, sagte Zorn.

Frau Kirschbauer überhörte seinen Einwand.

»Hat Ihre Schwägerin sich bei Ihnen seitdem gemeldet?«, fragte Sonja.

»Nein«, sagte sie schnell. »Und das wird sie auch nicht tun. Da kann ich lange warten. Das ist nicht ihre Art. Außerdem ist Julia doch eine erwachsene Frau. Was soll schon passiert sein? Ich dachte zuerst, sie hätte vielleicht in Trier übernachtet.«

»Hätte sie dann nicht Bescheid gegeben?«

»Nein. Sicher nicht. Eduard, ich meine, ihr Verleger rief am Montagmorgen an und wollte sie sprechen, und als ich ihm sagte, dass sie aus Trier nicht zurückgekehrt sei, hat er sich sofort angeboten, zur Polizei zu gehen und eine Anzeige aufzugeben. Und ich war ihm sehr dankbar dafür. Obwohl ich das zunächst für übertrieben hielt, ehrlich gesagt. Aber, wie man sieht, hat er wohl Recht gehabt.«

Sonja und Zorn sahen sie an, und da schien sie zu merken, dass es Zeit wurde, endlich Besorgnis an den Tag zu legen.

»Jetzt ist schon Dienstag, und wir haben immer noch nichts gehört. Glauben Sie denn, es ist ihr etwas zugestoßen? Man macht sich langsam so seine Gedanken.«

»Ja, die machen wir uns auch, darum sind wir hier. Es wäre besser gewesen, wenn Sie uns früher benachrichtigt hätten. Die Chance sie wiederzufinden wäre größer gewesen.«

»Glauben Sie denn nicht, dass Sie sie jetzt noch wiederfinden?«

»Aber klar doch«, brummte Zorn seelenruhig dazwischen, »bis jetzt haben wir alle wiedergefunden, da können Sie ganz beruhigt sein. Tot oder lebendig.«

Frau Kirschbauer zuckte zusammen, drehte ihr Taschentuch, und sah von einem zum anderen.

»Sie müssen mich entschuldigen, ich muss wieder zu Christoph. Sie verstehen, es wird Zeit für sein Abendessen. Ich lege Wert auf pünktliches Essen«, unterbrach sie plötzlich das Gespräch und stand auf. Das Taschentuch fiel auf den Boden. Zorn bückte sich und hob es auf. Als er es ihr reichte, riss sie es fast aus seinen Händen und sah ihn vorwurfsvoll an.

»Ja, natürlich«, sagte Sonja, »das geht vor. Ich gebe Ihnen meine Telefonnummer. Und wenn Ihnen noch etwas einfällt oder Ihre Schwägerin sich meldet, dann rufen Sie mich an.«

Frau Kirschbauer vergaß völlig, ebenfalls um Informationen zu bitten und verschwand durch eine Tür.

Als die Haushaltshilfe sie zum Ausgang brachte, den langen, hohen Flur ohne Fenster hinunter, mit einer einzigen Tür, die angelehnt war, gegen das Schloss schlug und sich dann wieder öffnete, einen Spalt breiter als zuvor, sah Sonja die Räder eines Rollstuhls, die Speichen, die Armlehnen und seine Hände darauf. Sie blieb stehen und ließ die Frau und Zorn weitergehen. Zorn verwickelte sie in ein Gespräch, als er Sonjas Absicht nach einem kurzen Blick zurück erkannte. Und so wie sie sich ihm zuwandte, ihr lächelndes Gesicht im Profil, machte er Komplimente.

Christoph Kirschbauers Gesicht war grau, die Augen unbeweglich, aber es war das Gesicht seiner Schwester, zwillingshaft gleich. Sonja hockte sich vor ihn in Augenhöhe, ganz nah an seinem Mund, legte ihre Hand in seine Rechte, die weiß und sehnig war und kalt.

»Können Sie mich verstehen?«

Er nickte, öffnete den Mund, aber er brachte nur hervorgestoßene Silben zustande.

»Chris...tine ... will ... Ju...lia ...«, aber dann versagte seine Stimme wieder, er sah in seinen Schoß und rührte sich nicht mehr, breitete nur die rechte Hand aus, ein Zeichen der Hilflosigkeit.

»Können Sie schreiben?«

Er nickte unbeholfen.

Sonja zog einen Notizblock hervor und einen Kuli, und er schrieb mühsam in krakeligen Buchstaben.

»Sie hasst ... Julia ... ein Mann ... Trier.«

»Ein Mann? Was für ein Mann? Hat sie einen Mann nach Trier geschickt?«

Er nickte wieder.

»Wen?«

Er schrieb nicht mehr, sondern malte. Er malte unbeholfen ein Gesicht, nur Punkte und Striche in einem Oval und zwei dünne Striche rechts und links über den Mund.

»Wozu?«

Er malte ein wackliges Kreuz auf das Papier.

»Umbringen?«, fragte Sonja fassungslos.

Und er begann wieder zu malen, als die energischen Tippelschritte den Flur entlangkamen. Er öffnete den Mund, aber es blieb keine Zeit mehr zum Reden und Malen. Er drückte ihr schnell Papier und Stift in die Hand und sank jäh zusammen, wie in einen tiefen Schlaf, der Kopf fiel auf seine Brust und die Hände lagen schlaff auf den Armlehnen des Rollstuhls.

»Bitte regen Sie ihn nicht auf«, zischte Frau Kirschbauer, als sie neben Sonja stand, ein Tablett in der Hand »ich sagte Ihnen doch, es geht ihm sehr schlecht zur Zeit. Ich wäre wirklich dankbar, wenn Sie jetzt gehen würden. Sie werden alles Nötige von mir erfahren. Und ich habe Ihnen bereits alles gesagt.«

Sie stellte das Tablett im abgedunkelten Krankenzimmer auf einem hohen Tisch ab, kam zurück und rollte ihn direkt davor, die Beine unter die Tischplatte. Er drehte sich mühsam um zu Sonja, aber Christine Kirschbauer schloss energisch die Tür vor seinen Augen.

»Bitte gehen Sie jetzt.«

Sonja legte von außen ein Ohr an die Tür und lauschte dem Klappern von Geschirr und Besteck. Kleine Schritte gingen auf den Fliesen hin und her, und dann war da wieder diese zischende Stimme: »Ist das der Dank?«

Als sich die Schritte wieder der Tür näherten, sah Sonja zu, dass sie verschwand.

»Wo waren Sie?«, fragte Zorn, der draußen stand und sein Gesicht in den Regen hielt. Es regnete immer noch, es würde heute nicht mehr aufhören. »Ich fürchtete schon, Sie hätten sich in den vielen Salons dieser feudalen Villa verloren.«

»Habe ich auch. Christine Kirschbauer hat die Stimme einer Schlange, nicht wahr?«

»Nicht nur die Stimme«, sagte Zorn und öffnete die Fahrertür.

Sonja zeigte ihm den kleinen, zerknitterten Zettel mit dem Kreuz und dem Gesicht darauf, und die Regentropfen verwischten die Worte. Als er danach griff, lag seine Hand auf ihrer. Sonja kam kurz der Gedanke, dass dies der Mann aus der Buchhandlung sein könnte, den Jerome erwähnt hatte und sie sagte es Zorn.

»Punkt, Punkt, Komma, Strich«, war sein Kommentar, »das nenn' ich ein Phantombild.«

10.Kapitel

Sie hatte die kleine Sprayflasche weggeworfen, in Angst und Verzweiflung, als sie merkte, dass sie leer war. Aber dann nach einiger Zeit, hatte sie mit der Linken neben ihrem Lager den Boden abgetastet und sie wiedergefunden. Sie drückte und presste und schüttelte sie, aber der letzte, winzige rote Tropfen war schon vor vielen Stunden gefallen. Sie schraubte den Verschluss ab, mit Daumen und Zeigefinger ihrer freien Hand, wischte Reste aus dem Flaschenhals mit dem Finger ab, lutschte ihn ab, saugte gierig an der kleinen Öffnung, immer wieder.

Ihr Atem ging schwer, er war ein Keuchen, ein Hecheln.

Ihre Linke war schmal genug gewesen, sich nach vielem Drehen und Winden aus der Fessel zu befreien, hatte die kleine Flasche gefunden, die sie tief im Ausschnitt ihrer Jacke, zwischen den Brüsten, vergraben hatte. Und sie konnte die Hand unbemerkt wieder in die Fesseln schieben, wenn sich die Tür öffnete, und das tat sie oft und so schnell, dass sie jedes Mal Todesängste ausstand, ob sie es schaffen würde, ehe der Unbekannte an ihrem Lager stand und mit einem Lichtstrahl die Fesseln wortlos kontrollierte, sodass sie es nicht wagte, auch die Rechte loszubinden oder gar die Füße. Die Zeitabschnitte zwischen der Dunkelheit und dem Lichtstrahl waren nicht messbar. Aber jetzt war die kleine Flasche leer, und sie ließ sie neben sich auf den Boden fallen. Es lohnte nicht mehr, die Linke durch die Fessel zu streifen.

Anfangs hatte sie zu dem Unbekannten gesprochen, der penetrant nach einem billigen After Shave oder einem strengen Eau de Toilette roch, von ihrer Krankheit, dass sie unbedingt Medikamente haben müsste, lebenswichtige Medikamente, dass sie sonst ersticken würde.

»Ich glaube nicht, dass sie noch Medikamente brauchen werden«, hatte die Stimme geflüstert.

Einfach nur so, als ob schon alles entschieden wäre.

Später hatte sie um Wasser gebeten, mit hohler Stimme, nur Wasser, und höhnisches Lachen war die Antwort. Sie hatte es wieder versucht, nur Wasser, aber dann kam nicht einmal mehr das Lachen aus der Dunkelheit. Dann hatte sie Worte vor sich hingemurmelt, um der Stille zu entgehen, aber jetzt war nicht mehr genug Luft da, sie mit Reden zu verschwenden, sie reichte kaum zum Leben. Ihre Gedanken flogen hin und her, zurück zu dem Tag, an dem alles begonnen hatte. Sie war ihrem Verfolger entkommen und sogar den drei jungen Männern, hatte in dem schrecklichen Nebel den Gasthof gefunden, in den man sie geschickt hatte. Und als sie endlich sicher war, dass alles überstanden war, auch, dass man Max wiederfinden würde, gerade als sie Klinner anrufen wollte, da hatte auf einmal jemand hinter ihr gestanden und geflüstert:

»Sie wissen doch, dass alle Telefone außer Betrieb sind, sie wissen es doch, oder? Warum also wollen Sie telefonieren?«

Und der Unbekannte hatte sie aus der Küche hinausgeschoben in ein Zimmer ohne Licht, in dem ihr ein entsetzlicher Gestank entgegenschlug. Er hatte sie gefesselt und geknebelt. Nach einiger Zeit hatte er sie aus dem Zimmer hinaus ins Freie gezerrt, wieder in die Kälte. Sie erinnerte sich daran, dass der Weg, über den sie geführt wurde, leicht bergab ging und nicht weit war. Aber das war alles. Und dann war sie hier aufgewacht, irgendwann, weil ihr kalt war. Eine Ohnmacht musste dazwischen gelegen haben, sie fiel oft in Ohnmacht. Plötzlich kam der Husten wieder, an dem sie zu ersticken schien – sie konnte sich nicht aufrichten in den Fesseln –, spuckte ihn aus, dass er an ihrem Kinn den Hals herunterlief, eine schmale, feuchte Spur. Und als sie glaubte, es wäre vorbei, stieg er wieder auf, die enge Brust hoch, die wunde Kehle, und ihr Körper wehrte sich, schlug gegen die Metallrohre, zwischen denen sie lag, das Tuch unter ihr gab nach, der Rücken berührte den Boden. Ruhe und Bewegungslosigkeit sparen Kraft und können den Husten stillen. Kurze, flache Atemzüge, hatte der Arzt geraten, als sie zum ersten Mal einen Anfall hatte, dann würde auch das Engegefühl in der Brust nachlassen und die Schmerzen. Aber wie konnte man Ruhe bewahren, wenn das Gefühl in einem nur Vernichtung war. Der Hunger nach Luft sei ein typischen Symptom, hatte er sie weiter aufgeklärt, sie müsste es schaffen, ruhig zu atmen, sich dessen bewusst zu werden. Es sei ein Training, nur eine Frage der Selbstdisziplin. So könnte sie jeden Anfall im Keim ersticken.

Und dann sah sie auf einmal Christines Gesicht vor sich. Hörte ihre zischende Stimme und ihr böses Lachen, wenn sie manchmal auf leisen Sohlen so plötzlich hinter ihr stand, dass ihr vor Schreck die Luft wegblieb. Wenn sie ihr seelenruhig zusah, wie sie nach ihrem Medikament suchte, im ganzen Haus, in panischer Angst, und erst im letzten Moment, wenn es schon dunkel wurde um sie herum, die versteckte Flasche herbeiholte.

Sie schob ihre Linke ein letztes Mal durch die Fesseln, noch einmal wollte sie die Flasche kontrollieren, sie wusste, dass es umsonst war, aber es war ihre einzige Chance.

Sie zuckte zusammen, als sie tastend statt gegen die Flasche gegen einen anderen länglichen Gegenstand auf dem Boden stieß, der kalt und hart war. Ein Finger, dachte sie, nein, das konnte nicht sein. Aber dann fühlte sie weiter. In Panik ließ sie los, tastete wieder, fand ihn wieder, fand vier Finger und einen kürzeren, dickeren zum Schluss, eine Hand, aber dann kam nichts mehr, keinen Arm. Erstarrt ließ sie sie fallen und griff dann doch wieder zu, legte die Hand auf ihren Bauch, um sie besser betasten zu können. Sie führte sie zur Nase und roch Plastik. Es war die Prothese für eine Hand, und sie presste sie verzweifelt an sich, klammerte sich an sie, als wäre es das Letzte, was ihr geblieben war.

Als der Unbekannte die Tür öffnete, versteckte sie die Prothese unter sich, schob ihre Linke wieder in die Fessel und wartete mit glühendem Gesicht auf den Lichtstrahl.

11. Kapitel

Es war Mittwoch, noch nicht sechs Uhr, und Balzac beschwerte sich über seinen blank geschabten Futternapf. Jerome hatte ihn und Sonja vergessen, war in Köln in irgendeiner Ruine abhanden gekommen, wieder einmal, ohne sich zu melden. Er war nie da, wenn es ans Aufräumen ging. In einer unbestimmten Vorahnung machte er sich aus dem Staub, wenn die Realität rief. Und sie dachte daran, wie sie zusammen vor über einem Jahr nach Trier gekommen waren. Er war ihr gefolgt, obwohl sein Arbeitsplatz immer noch in Köln war. Und es war kein Ende abzusehen. Köln ist voller Ruinen. Er pendelte also, und manchmal, wenn es spät wurde, übernachtete er auch dort. Wenn er in ein Projekt vertieft war, verschwand er manchmal für Wochen. Es hatte Zeiten gegeben, als sie noch in Köln am Rudolfplatz gewohnt hatten, da hatte sie es regelrecht genossen, wenn er ein paar Mal im Jahr auf Auslandreise ging, meist in die Türkei. Und wenn er zurückkam, war es ein Fest. Aber die Zeiten änderten sich, wenn er jetzt zurückkam, war er müde, wieso hatte er es nicht bemerkt? Viel zu viele Stunden des Tages lebten sie in verschiedenen Welten. Man konnte diese beiden Welten nicht abends vor dem Zubettgehen »mal eben kurz« zusammenführen. Anfangs hatte er versucht, hier in Trier eine Stelle zu finden. Doch dann war die Suche eingeschlafen. Er war nicht am Ball geblieben. Er tat sich schwer mit geschäftlichen Dingen. Sie lenkten ihn nur ab, von den wesentlichen Dingen des Lebens, wie er sagte.

Er war Franzose. Sie liebte ihn, seine Geduld, seine Großzügigkeit, seinen Charme, aber sein *Laissez aller* konnte sie an den Rand des Wahnsinns bringen. Im gleichen Maße bewunderte sie ihn dafür. Von deutscher Emsigkeit war er meilenweit entfernt. Er schwebte da oben, irgendwo über allem. Er hatte sie, Sonja, um die irdischen Probleme zu lösen. Aber das war nicht fair.

Sie sah auf die Staubschicht auf der Kommode, die am Ende des Bettes stand.

»Das ist nicht fair!«, rief sie und sprang auf.

Es gab nirgendwo einen freien Platz, nirgendwo einen Fleck ohne aufgetürmte Bücher und Zeitschriften, keinen Sessel ohne ineinander verschlungene Pullover, Hosen und Socken, keine Tasse, in der nicht brauner Satz in Frieden gärte. Sie wusste genau, dass der Kühlschrank leer und die Spüle voll sein würde, wenn sie einen Blick in die Küche werfen würde, dass im Bad bergeweise Schmutzwäsche ihrem Schicksal überlassen war, seit vielen Tagen.

Und dann wurde Balzac entsetzt Zeuge eines Putzanfalls. Sein Schicksal war es, überall im Weg zu stehen. Seine Pfoten hinterließen tiefe Spuren auf dem glatt gestrichenen Bett, *Brekkies* rollten über den spiegelblanken Küchenboden, Speichel tropfte dick und dunkel auf die weiße Tischdecke. Sie scheuchte ihn fort und schließlich kauerte er verstört auf dem Schlafzimmerschrank und legte die Ohren an.

* * *

Im Büro meldete sie Bartmann die Tatsache, dass bei ihren gestrigen Ermittlungen nichts herausgekommen war, woraufhin er erwartungsgemäß sein säuerliches Lächeln zeigte. Sie hatte keine Lust, ihn in die wenigen Ergebnisse ihrer Ermittlungen einzuweihen, da er sie sowieso für irrelevant halten würde. Er ging wie selbstverständlich davon aus, dass sie sich auf einer falschen Spur befand, wenn sie sich überhaupt auf einer Spur befand. Er erwartete es geradezu von ihr, und sie wollte ihn nicht enttäuschen. Er trommelte mit den Fingern auf den Schreibtisch und starrte auf den Kalender vor sich. Da war ein dickes rotes Kreuz am Tage X, am Montag, dem 16. November, dem Tag der Abrechnung.

Und sie hoffte, es würde sich in seine Pupillen eingraben, für immer.

Als sie in den Hof hinuntersah, fuhr ein dunkler Volvo gerade langsam ein und wurde geparkt. Ein Polizist saß am Steuer, ein Streifenwagen folgte dicht hinter ihm. Drei junge Männer in dunklen Jacken zwängten sich von der Hinterbank des Streifenwagens, ein großer mit langen, dünnen Haaren und zwei kleinere mit Stoppelfrisuren.

Und da war sie auch schon unten.

»An der FINA-Tankstelle in Meilbrück haben wir eine routinemäßige Verkehrskontrolle durchgeführt«, erklärte der Kollege, der den Volvo gefahren hatte, »und sie sind uns ins Netz gegangen. Fuhren ein bisschen zu schnell, 190 km die Stunde, 70 km sind erlaubt. Dann haben wir natürlich das Kennzeichen überprüft und festgestellt, dass es nicht existiert. Zu allem Überfluss haben die Herren keinerlei Papiere. Angeblich sind sie über achtzehn, aber auch das werden wir überprüfen.«

»Gratuliere! Sie sind ein Glückskind!«, sagte Sonja und strahlte ihn an, »bringen Sie die drei bitte direkt zu Bartmann, und übergeben Sie das Auto der Spurensicherung.«

»Nichts lieber als das«, sagte er und schubste die drei vor sich her, »wenn Sie wollen, lassen wir die ganze Kiste unters Mikroskop legen, wenn es nötig sein sollte, da kennen wir gar nichts.«

Er wunderte sich ein bisschen über die Begeisterung, die sein Fund auslöste, der für ihn so ungewöhnlich nicht war, aber er genoss es, seine Schultern wurden breiter und seine Schritte länger. POLIZEI stand riesengroß auf seinem Rücken.

Der Volvo sah nicht gut aus, hatte ein paar Beulen hinten, die Stoßstange hing lose, die Rücklichter waren zersplittert und zeigten die nackten Birnen, links hatte sich eine tiefe Schramme ins edle Metallic gegraben. Er war total verdreckt,

Lehm und Erde klebten in den Reifenprofilen und war hoch gespritzt bis zu den Fenstern und dort zu kleinen, hellbraunen Klumpen getrocknet. Der andere Polizist schraubte das Nummernschild ab, das verkratzt und verbogen und dilettantisch übermalt, unverkennbar das Nummernschild war, das sie suchte.

Bartmann durchmaß mit großen Schritten das Büro, immer an der Stuhlreihe mit den drei jungen Männern entlang, die stumm vor sich hinstarrten in ihren dunklen Jacken. Er hatte sie schon verdammt und verflucht, so wie sie aussahen.

»Endlich«, sagte er genervt, als Sonja eintrat. »Da haben wir also wenigstens Julia Kirschbauers Auto. Und die Diebe gleich dazu.«

Bartmann war in seinem Element. Er sprach in Großbuchstaben, man konnte es hören, und seine Stimme kippte immer wieder um vor Eifer und Entsetzen.

»Es bleibt Ihnen wohl nichts anderes übrig, als den Diebstahl zu gestehen, meine Herren«, triumphierte er.

»Was heißt hier stehlen«, protestierte der Große, »es stand leer und offen am Straßenrand.«

»Ja natürlich«, keifte Bartmann, »das tun sie immer.«

»Kann ich mit ihnen sprechen?«, fragte Sonja dazwischen, »allein?«

»Bitte sehr. Wobei ich betonen möchte, dass dieser Fund hier nicht Ihr Verdienst ist. Das wollen wir festhalten.«

Sonja beachtete Bartmann nicht weiter und nahm die drei mit ins Besprechungszimmer. Sie bat sie, sich zu setzen, die Jacken abzulegen, bot ihnen an, Kaffee zu holen, und reichte ihnen eine Zigarettenschachtel. Sie lehnten ab. Sie saßen nebeneinander vor ihr und sie überlegte, wie sie sie zum Sprechen bringen könnte. Ganz links saß ein magerer Junge mit kantigem Gesicht und schmalen, grünen Augen, sein Bart hatte erst angefangen zu sprießen, war nichts als heller Flaum.

»Um es kurz zu machen«, wandte sie sich an ihn, »du erzählst, und wenn die anderen beiden nicht einverstanden sind, können sie sich melden. Okay?«

Sie nickten alle.

»Also fang an«, sagte sie.

»Was wollen Sie denn wissen?«

»Alles. Wie du heißt, wie alt du bist, wo du wohnst, solche Sachen ...«

»Ich bin siebzehn, heiße Frank Zündorf und wohne in Meckel. Wir alle wohnen in Meckel«, und da war er schon fertig mit Reden.

Der mittlere des Trios hieß Markus Giesen, war ebenfalls siebzehn und ging wie sein Freund in Bitburg auf das St. Willibrord Gymnasium.

»Wir machen nächstes Jahr Abi«, sagte er zuversichtlich.

Der dritte war Tim Müller. Er beschwerte sich zuerst lautstark über die Behandlung hier, also eigentlich über Bartmann, er wäre schließlich kein Schwerverbrecher. Er hatte lange Haare, war einundzwanzig und hatte als einziger von den dreien einen Führerschein. Er war übersät mit dicken Pickeln. Er ging nicht aufs Gymnasium, hatte es auch nie getan. Er machte jetzt im zweiten Jahr eine Lehre als Automechaniker, »mehr das Elektronische«, wie er sagte, aber sein Chef sei eine Null.

»Wer hat das Auto gefunden?«, fragte Sonja Frank Zündorf.

»Wir alle drei.«

»Und wer ist gefahren?«

»Wir alle drei.«

Sonja seufzte. Vernehmungen dieser Art kosteten sie den letzten Nerv. Es fiel ihr schwer, ihn nicht zu packen und durchzuschütteln. Doch Geduld und Gleichmut sind die obersten Regel eines Verhörs.

»Aber ihr habt alle keinen Führerschein?«

»Doch«, protestierte Tim Müller, »natürlich hab ich den Führerschein.«

»Markus und ich nicht«, sagte Frank Zündorf, »wir machen ihn gerade erst, wird ein paar Monate dauern. Und den Lappen bekommen wir sowieso erst, wenn wir achtzehn sind.«

»Aber gefahren seid ihr trotzdem? Also, passt auf, dass ihr Mist gebaut habt, wisst ihr, aber darüber will ich nicht reden, das machen die Kollegen von der Verkehrspolizei. Ich habe ein ganz anderes Problem.«

Sie zündete sich eine Zigarette an, und jetzt wollten sie auch alle eine haben, sie schienen erleichtert.

»Das Auto, das ihr gefunden habt, wird seit dem 6. November gesucht. Es gehört einer Autorin, die in Trier eine Lesung hatte und auf dem Heimweg über die B 51 nach Köln verschwunden ist.«

»Der Tag, an dem wir es gefunden haben, ja, am Freitag, das weiß ich genau«, rief Frank Zündorf.

»Prima und wo?«

»Auf der B 51.«

»Die B 51 ist lang. Kannst du das eingrenzen?«

Er schüttelte den Kopf und die anderen beiden machten ebenfalls ratlose Gesichter.

»Es war nachts, wir sind mit den Mopeds rumgekurvt, über die Dörfer, querbeet, das machen wir öfter. Über Gilzem, Kaschenbach, Eisenach, Welschbillig, wir haben da so unsere Runde. Und irgendwo in Richtung Bitburg muss es gewesen sein. Es war ein verdammter Nebel da draußen.«

»Was glaubst du, um welche Uhrzeit es war?«

»Das muss nach elf, zwischen elf und zwölf gewesen sein, das ist so unsere Zeit.«

»Und dann?«

»Das war irgendwie eine komische Sache. Als wir dort ankamen, stand hinter dem Volvo ein Jeep. Konnte man ganz deutlich erkennen, schließlich hatten wir ja Licht an. Und im gleichen Moment gingen bei dem dann die Lichter an, vier riesige Scheinwerfer, und wir waren total geblendet. Und dann warf der Fahrer den Motor an, fragen Sie nicht wie, legte einen Kavalierstart hin, quietschende Reifen und so, und raste davon in Richtung Bitburg.«

»Habt ihr das Nummernschild erkannt oder den Fahrer, die Autofarbe oder irgendwas sonst?«

»Ach wo, das ging viel zu schnell. Und der hatte wohl schwarz getönte Scheiben. Da war nichts zu machen.«

»Und der Volvo?«

»Er war nicht abgeschlossen, die Fahrertür stand weit auf, und der Schlüssel steckte. Das war wie eine ... Einladung«, er lächelte vorsichtig, »dann haben wir unsere Mopeds hinten in den Kofferraum geschmissen.«

»Alle drei?«, fragte Sonja ungläubig.

»Also, wir haben's versucht, aber es ging nur eines hinein.«

»War denn noch was anderes darin?«

»Ne, doch, ein riesiger Blumenstrauß, ein Ledermantel, schickes Teil. Den haben wir der Sabine gegeben. Sie hat versprochen, ihn nicht in der Öffentlichkeit zu tragen.«

»Wer ist Sabine?«

»Meine Freundin«, sagte Tim.

»Sabine und weiter?«

»Sabine Bastian. Sie wohnt in Hilzay.«

»Und wo ist das?«

»Wenn Sie auf der B 51 Richtung Bitburg fahren, kommt irgendwann Helenenberg. Dann kommt rechts ein Abzweig nach Idesheim und dazwischen irgendwo, aber auf der linken Seite.«

»Irgendwo?«

»Ja, es ist schwer zu finden. Es ist nur ein winziges Nest und dann liegt es auch noch in einer Mulde, sodass man es von der Straße aus kaum sehen kann.«

»Okay und der Blumenstrauß?«

»Der Blumenstrauß, der hat unter dem Moped gelegen, der war nix mehr. Den haben wir ins Feld geworfen.«

»Sonst war nichts im Auto?«

Er zögerte.

»Sag es besser direkt, wir kommen eh drauf.«

Er zögerte noch, wand sich auf dem Stuhl hin und her.

»Eine Handtasche ... mit Inhalt«, begann er leise.

»Eine Handtasche?«, fragte Sonja und konnte es nicht fassen.

»Geld war drin, Ausweise und so, und ein Buch.«

»Viel Geld?«

»Na ja. Geht so. Knapp tausend.«

»Wo ist die Handtasche jetzt?«

»Die haben wir weggeworfen.«

»Prima«, sagte Sonja und fand es irgendwie logisch, dass sie das getan hatten. Das hatten sie schon tausendmal im Fernsehen gesehen.

»Das Geld natürlich nicht, wir sind doch nicht bescheuert«, sagte Tim Müller.

»Und dann?«

Frank Zündorf fuhr fort: »Dann hat sich Tim hinters Steuer geklemmt, denn sein Moped lag schließlich hinten drin, und hat versucht, die Kiste aus dem Straßengraben zu holen ... ging aber nicht. Also haben wir das Moped wieder rausgeholt, das Auto brav abgeschlossen und sogar ein Warndreieck aufgestellt«, er kicherte, »dann sind wir zu Tim. Und da haben wir uns den Trecker von Tims Opa geliehen. Also, wir haben ihn einfach genommen, sind wieder zurück und haben den Volvo aus dem Straßengraben gezogen, und weil das so ein Spaß war, haben wir ihn bis Meckel weitergezogen. Der Volvo hatte ganz schön was abbekommen, hinten, beide Rücklichter weg, Stoßstange baumelte lose herum, Beulen, nicht zu knapp. Das muss der Jeep gewesen sein. Wir waren das jedenfalls nicht. Ehrlich nicht.«

»Und niemand hat euch gesehen?«

»Doch bestimmt, aber wir fahren öfter mal mit dem Trecker rum und es ist doch nichts Besonderes, wenn man ein Auto mit dem Trecker abschleppt, ist hier doch normal. Und abends sitzen außerdem alle am Fernseher oder liegen längst im Bett. Es gibt kein Nachtleben hier.«

»Also macht ihr euch selber eins. Und dann?«

»Dann haben wir das Auto in die leere Scheune draußen am Ortsrand gestellt, die gehört keinem. Dann sind wir abwechselnd gefahren, nach der Schule, über die Dörfer, war echt cool. Heiße Rennen.«

»Und das Nummernschild?«

»Das K haben wir gelassen, und aus dem P haben wir ein B gemacht und aus dem U ein O. Die 7 haben wir gelassen, und aus den Nullen haben wir Achten gemacht«, erzählte er stolz und geriet ins Schwärmen.

»Ihr könnt gehen«, schloss Sonja ihre Befragungen ab. Frank, Markus und Tim hatten einen festen Wohnsitz vorzuweisen, waren *nur* zu schnell gefahren ohne Führerschein, hatten *nur* ein Auto und Geld gestohlen. Es gab keinen Grund, sie hier zu behalten.

Sie kam erst heraus, als Bartmann außer Sichtweite war. Sie hatte den drei Jungen unter großen Mühen ein paar wichtige Details entlocken können. Der Jeepfahrer konnte Christine Kirschbauers Killer gewesen sein, es war zumindest eine Möglichkeit. Aber wieso hätte er hinter einem leeren Auto stehen sollen? Das machte keinen Sinn. War Julia Kirschbauer vielleicht schon unfreiwillig in den Jeep umgestiegen, als die drei Jungen mit ihren Mopeds ankamen? Hatte der Killer seine Beute schon an Bord? Und war zusammen mit ihr davongebraust? Oder hatte Julia Kirschbauer das Auto längst verlassen, bevor der Jeep und die Mopedfahrer kamen? Und wenn es so war, warum hatte sie das getan? Das Auto hatte keine Panne. Warum um Himmels willen, hatte Julia Kirschbauer ihr Auto panikartig, ohne Schlüssel, Mantel und Handtasche verlassen?

Wenn ... und da waren sie wieder die weißen, verschwommenen Nebelfrauen, nur für eine Sekunde, aber sie waren da. Und wenn die drei Jungen nicht die Wahrheit gesagt hatten? Wenn sie dort auf Julia Kirschbauer *und* den Killer gestoßen waren? Sonja wollte nach Hause, die bekannten Teile zueinander legen, die unbekannten ausprobieren, das übliche Puzzle.

Miroslav saß wartend an seinem Schreibtisch, und sie trug ihm auf, einen zerknautschten Blumenstrauß und eine leere Handtasche irgendwo an der B 51 zu suchen, am Straßenrand oder im Feld.

»Da muss ich aber erst Bartmann fragen. Ich darf nicht ...«, brummte er und stand auf.

»Vergiss es«, sagte sie missmutig. Sie hatte nun wirklich keine Lust, den Dienstweg einzuhalten wegen eines vergammelten Blumenstraußes und einer leeren Handtasche. »Mach ich schon selbst.«

* * *

Als sie ihre Wohnung betrat, gellte hinter ihr die Türklingel. Dann donnerte eine Faust heftig gegen ihre Haustür und sie vernahm seine Stimme, seinen dröhnenden Bass. Zorn.

Balzac sprang vom Schrank und begrüßte stürmisch den Retter in der Not, strich um seine Beine, ohne Sonja eines Blickes zu würdigen. Er schien eine besondere Vorliebe für Männer zu haben, stellte sie fest, jetzt, da es zu spät war, ihn deswegen vor die Tür zu setzen. Zorn nahm ihn hoch; eine Hand unter seinem Bauch, hob er ihn auf die Schulter. Er blickte sich anerkennend um, wischte sich den Staub vom Hosenboden ehe er sich setzte, nur auf die Stuhlkante, ohne die Tischdecke zu berühren.

»Das hätte ich Ihnen nicht zugetraut«, sagte er vergnügt mit einem Blick in die Runde und musterte dann Sonja eingehend, und sie tat geschäftig, lief hin und her, obwohl doch alles längst an seinem Platz war.

»Gehen wir was essen?«, schlug er nach einer Weile vor.

»Ja«, sagte sie sofort und ein bisschen zu schnell, es würde gut tun, hier herauszukommen, an die frische Luft, und sie hatte den ganzen Tag noch nichts gegessen.

Er kannte sich nicht aus in Trier und überließ sich ihren Erfahrungen. Sie steuerte die *Brasserie* in der Fleischstraße an und bestellte für beide Crêpes mit Blattspinat und Krabben, Gorgonzola und Sahnesauce. Er saß ihr gegenüber und sah sie an, unverwandt, dass ihr mulmig wurde. Als das *Bit* in den hohen, schmalen Gläsern kam, war ihr flau, und sie wusste nicht, wovon.

»Da drüben ist die Buchhandlung, in der alles angefangen hat«, sagte sie und zeigte hinaus, »die *Akademische.*«

»Eine ganz normale kleinstädtische Buchhandlung also.«

»Immerhin gibt es hier eine Universität. So kleinstädtisch ist sie nun auch wieder nicht.«

»Ihr Foto hängt noch an der Glastür.«

Ja, dachte Sonja, jetzt war es das Bild einer vermissten Frau.

Abends war hier eine Menge los, und das Lokal brummte von Stimmen und Musik, alle sprachen miteinander, lachten, riefen. Man kannte sich, traf sich hier nach dem Einkauf an der Theke oder an dem großen, runden Tisch in der Mitte. Stammplätze, Vertrautheit, Sicherheit, dachte Sonja und fühlte sich plötzlich verlassen. Als sie wieder zu Zorn hinsah, war sein *Bit* leer und sein Blick auch.

»Ab jetzt nur Gerolsteiner«, sagte sie, dachte an seinen Heimweg und wollte seinen Blick nicht länger sehen. Das Essen war sicher gut, es sah jedenfalls so aus, aber sie hatte keinen Appetit mehr.

Draußen meinte er, er würde gern etwas von Trier sehen.

»Aber nur wenn Sie keine Ruinen oder Knochen sehen wollen, nicht mit mir.«

»Ruinen und Knochen? Ich hasse alte Sachen«, sagte er und zwinkerte ihr zu, »ich dachte an verträumte Gassen, urige Kneipen.«

»Das geht in Ordnung. Das können Sie sofort haben.«

Und sie machte einen Umweg durch das niedrige Tor in die Judengasse, mit ihren kleinen, schmalen Kneipen, und wieder zurück zur Simeonstraße, am Dom vorbei zum Palais Kesselstadt, und auf der Palaststraße wieder zurück zum Hauptmarkt. Sie führte ihn kreuz und quer über Kopfsteinpflaster durch die Fußgängerzone. Und wie zufällig berührten sich ihre Hände, wenn die Passanten drängelten, und der Weg, der ihnen blieb, zu schmal wurde, ihre Arme, wenn er stehen blieb vor einem Schaufenster und sie vorgehen ließ, ihre Schultern, wenn er nach oben sah und auf die Giebel der bunten Häuser zeigte. Vor dem angestrahlten Dom blieb er lange nachdenklich stehen, und dann fragte er: »Kennen Sie die Legende vom Heiligen Maternus?« Und er wartete keine Antwort ab, sondern fuhr fort: »Der Heilige Maternus war Bischof zu Köln und gleichzeitig Bischof zu Trier. Seinen Sitz aber hatte er in Köln. Als er dort verstarb, und die Trierer davon erfuhren, wollten sie seinen Leichnam heimholen und hier im Dom beerdigen. Die Kölner jedoch wollten ihn nicht hergeben, und so entstand ein langer Streit zwischen beiden Städten und niemand konnte eine Lösung finden. Als endlich ein Engel den Kölnern erschien, um Frieden zu stiften, und verkündete:

›Lasset den Leichnam in ein Schiff legen
und stoßet es unbemannt vom Ufer ab,
dass es fahren könne, wohin Gott es sende.‹

Und so geschah es. Die Kölner, sicher, dass die Strömung des Rheins ihnen Recht geben würde, folgten dem Vorschlag des Engels und standen siegesgewiss in Scharen am Ufer. Auf wunderbare Weise aber trieb das Schiff nicht rheinabwärts, sondern Richtung Trier, der Strömung entgegen, und die Trierer nahmen den Leichnam jubelnd als von Gott gesandt in Empfang.«

Zorn ließ seine Legende nicht laut über den Domplatz schallen, sondern erzählte sie flüsternd in ihr Gesicht hinein, beschwor mit eindringlichem Blick alle Zweifel.

»Das halte ich aber für ziemlich unwahrscheinlich«, sagte Sonja und schüttelte den Kopf.

»Das sind Legenden immer, nicht wahr?«

»Nicht immer.«

Als sie vor ihrer Haustür standen, fragte er: »Haben sie schon ihre Bücher gelesen?«

»Welche Bücher?«

»Die von Julia Kirschbauer natürlich. Ich habe die letzten beiden Nächte mit Lesen verbracht ...«, sagte er und sah dabei kein bisschen übernächtigt aus.

»Ich habe bis jetzt nur *Tod im Schnee* gelesen.«

»Wenn Sie möchten, dann könnte ich Ihnen *Im Schatten der Burg* ...«

»Ich würde lieber ihr neues Buch lesen können«, unterbrach Sonja ihn zögernd, »aber ich weiß nicht, ich glaube nicht, dass wir uns das leisten können, nicht bei der Frist, die Bartmann mir gewährt hat.«

Zorn stand schon im Flur und nahm wie selbstverständlich die ersten Treppenstufen.

»Sind Sie allein?«

»Natürlich.«

»Natürlich? Und Ihr Lebensabschnittsgefährte?«

»Keine Ahnung, wo er steckt. Er hat seinen Zaubermantel umgeworfen und – hui, weg war er.«

Er drehte sich um und sagte lächelnd: »Galgenhumor«.
»Vielleicht.«
Oben erzählte sie ihm von den drei Jugendlichen, dem Jeep und dem Volvo, dem Ledermantel, der Handtasche und dem Blumenstrauß, und dass sie das alles unbedingt auf die Reihe bringen wollte und musste, und dass es vielleicht wichtiger wäre, als eine Geschichte zu erzählen.
»Gut«, sagte er, »dann machen wir zuerst eine Zeichnung.«
Und sie fertigten auf dem Küchentisch ein Organigramm an. Die Köpfe nah aneinander, die Lesebrillen hingen tief auf den Nasen. Es entstand ein Stammbaum, mit Querverbindungen, Verweisen, Klammern, Einschüben, Daten und Orten. Ganz oben stand Julia Kirschbauer und ganz unten standen nichts als Fragezeichen. Es gab einen Zweig für die Freiwilligkeit, natürlich, bei einer Erwachsenen musste man auch davon ausgehen, dass kein Verbrechen dahintersteckt. Nicht umsonst hatte Bartmann ihr eine Woche Vorlauf gewährt. Es war keine Großzügigkeit, es war Berechnung gewesen.
»Außerdem ist sie Krimi-Autorin«, sagte Sonja, »wenn einer weiß, wie man spurlos verschwindet, dann sie. Wenn sie uns an der Nase herumführt und das Ganze nur eine Inszenierung ist, dann ...«
»Dann kriegt sie Ärger mit uns.«
»Aber sie hat zu Hause einen todkranken Mann und eine nervende Schwägerin, sie schreibt Bücher, die sie eigentlich nicht schreiben möchte. Sie wird von einem grässlichen Verleger beraten. Hätte sie nicht allen Grund, einfach zu verschwinden? Vielleicht in Ruhe irgendwo allein leben. Neu anfangen. Bücher schreiben unter einem anderen Namen, Bücher, die ihr etwas bedeuten?«
»Mit einem Liebhaber, den sie hier hinter Baum sieben getroffen hat, auf den Malediven ein sorgenfreies Leben unter Palmen leben?«

»Ja, warum nicht?«

»Ja. Warum eigentlich nicht.«

Der andere Zweig galt der Unfreiwilligkeit, der Fremdeinwirkung.

»Unter die Unfreiwilligkeit fallen Christine Kirschbauer und ihr angeblicher Killer, Markus, Tim und Frank und Mr. X«, sagte Zorn und fügte die Namen in eine Liste ein.

»Mr. X?«

»Der große Unbekannte, den es immer gibt.«

»Warum nicht Mrs. X?«

»Gut. Wie Sie wollen. Mrs. X. Ich bin kein Macho.«

»Und es gibt da noch jemand«, sagte Sonja zögernd und senkte die Stimme, »die Nebelfrauen ...«

»Die Nebelfrauen.«

Es war nur ein Test. Aber er schrieb es einfach hin und schien sich kein bisschen zu wundern.

»Und wo finden wir die Nebelfrauen?«

»Wo finden wir Mrs. X?«, hielt Sonja dagegen.

»Ich meine nur, dass man vielleicht Mrs. X eher finden könnte als die Nebelfrauen. Ist nur so ein Gedanke.«

»Aber es sieht nicht danach aus, nicht wahr? Die Nebelfrauen dagegen kauern am Straßenrand und warten auf den einsamen Vorbeifahrenden.«

»Nun ja«, sagte er und lehnte sich zurück, und dann grinste er ziemlich unverschämt, »ich glaube Sie sind schon zu lange hier in der Eifel.«

Ganz offensichtlich war die Sache mit den Nebelfrauen eine Sache, die Männern nur ein gnädiges Schmunzeln entlocken konnte. Es mangelte ihnen eben an Vorstellungsvermögen und Inspiration.

»Sie werden schon sehen.«

Schließlich unterzogen sie noch die Wanderkarte des Eifelvereins über das Bitburger Gutland, die Sonja auf ihren einsamen Spaziergängen begleitet hatte, einer eingehenden

Prüfung. Es sah aus, als planten sie einen Feldzug in Feindesland. Nördlich von Trier fanden sie die Orte, von denen die drei Jugendlichen gesprochen hatten, und sie konnten ihrer Route folgen. Hilzay aber, Sabine Bastians Wohnort, fanden sie nicht. Es gab einige kleine, ungenannte Häusergruppen, eine davon musste es sein.

»Wahrscheinlich besteht es nur aus einer Kuh, einem Huhn und einem Stein«, sagte Zorn, »aber jetzt erzähle ich Ihnen erst einmal *Im Schatten der Burg*. Diese Bücher gehören schließlich zu unserem Fall. Wir müssen den Hintergrund kennen. Oder Sie sehen es als Gute-Nacht-Geschichte, wie Sie wollen.«

Und als sie zögerte, sah er sich um und meinte: »Ich find' es schwer gemütlich hier.«

»Ich nicht«, erwiderte Sonja, »ich hatte heute Morgen einen Putzanfall. Das kommt schon mal vor.«

»Putzen kann auch die Bereinigung eines anderen Problems sein. Es hat etwas Klärendes und Beruhigendes.« Sonja öffnete den Mund zum Widerspruch, als er sagte: »Vielleicht würden Männer seltener ihre Frauen und ihre Kinder verprügeln, wenn sie auch ab und zu mal zum Schrubber greifen würden. Ich bin überzeugt davon.«

»Möglich. Ich wusste nicht, dass Sie sich darüber Gedanken gemacht haben.«

»Ich mache mir grundsätzlich über alles Gedanken.«

»Das ist gut. Aber jetzt erzählen Sie endlich«, sagte sie, postierte das Weinglas auf die hochgezogenen Knie und stellte verwundert fest, dass sie sich auf seine Erzählung freute.

Zorn suchte ein paar herumstehende Kerzenständer zusammen, kramte Teelichter aus der Küche hervor und machte Allerheiligen-Stimmung. Schließlich hockte er sich vor sie auf den Fußboden, im Schneidersitz, und Balzac kam sofort auf ihn zugestürmt, kletterte in seinen Schoß, rollte sich zusammen und schlief postwendend ein, wie es nur Katzen können. Zorns Narben warfen dunkle Schatten im Kerzenlicht und ließen ihn unheimlich aussehen. Seine Augen funkelten finster.

»Also *Im Schatten der Burg*. Ihr erstes Buch«, begann er. »Lassen Sie es uns chronologisch anpacken. Es ist wichtig zu sehen, wie die Autorin begonnen und sich entwickelt hat, von einem Werk zum anderen. Sie werden sehen, sie steigert sich. Sie wird besser mit jedem Buch. *Im Schatten der Burg* spielt in Neuerburg im Tal der Enz, ganz im Westen der Eifel, nahe dem Deutsch-Luxemburgischen Naturpark. Ein kleines Städtchen tief im Tal mit malerischen Türmen, dem Vogthaus und einer mächtigen Burgruine ...«

Sonja konzentrierte sich auf seine Stimme, ohne ihm zuzuhören. Sie beobachtete ihn und dachte an Jerome. Zorn hatte viel von dem, was er nicht hatte, er war kein Träumer und kein Weltverbesserer, er stand mit beiden Beinen im Leben. Und er hasste Ruinen und Knochen ebenso wie sie. Er mochte Krimis, und sie war sicher, dass er sogar in der Lage war, Wäsche zu waschen und Böden zu schrubben. Keine schlechte Vorstellung, mit ihm auf Nachtwache zu gehen.

Zorn machte eine Pause und holte tief Luft.

»Wo sind Sie mit Ihren Gedanken?«, wollte er wissen.

»Ich habe Ihnen zugehört.«

Er sah sie misstrauisch an.

»Doch. Wirklich. Aber fragen Sie jetzt nicht, was Sie als Letztes gesagt haben.«

Er nahm Balzac von seinem Schoß, legte ihn vorsichtig in ihren und löschte alle Kerzen mit den Fingern aus.

»Es ist lange nach Mitternacht. Es ist schon Donnerstag«, flüsterte er, fuhr kurz mit dem Finger über ihr Kinn und war schon durch die Tür, als hätte er noch etwas Besseres vor.

12. Kapitel

Nachdenklich stand Sonja am Fenster. Ihre Wohnung lag im Dunkeln. Es war noch früh, und der Verkehr hatte noch nicht begonnen. Es sah kalt aus, und es wehte kein Wind. Ein paar Vögel saßen wie aufgeplusterte Knäuel auf den kahlen Zweigen der Alleenbäume, und aus den Kaminen der Häuser gegenüber stieg Rauch gegen den schwarzen Himmel. Als sie schließlich hinunter sah, stand da Zorn unter der Straßenlaterne vor ihrer Haustür an seinen blauen Ford gelehnt und sah hoch zu ihr. Auf den Autoscheiben lag eine dünne, glitzernde Eisschicht, und er war warm eingepackt, roter Schal und dunkelblaue Fischermütze. Mit dicken Handschuhen winkte er sie herunter, klopfte lachend auf das Zifferblatt seiner Uhr. Sein Atem stieg in kleinen Wölkchen hoch.

Sie steckte eine Scheibe Schwarzbrot in die Manteltasche und gönnte sich und Balzac einen Schluck Milch im Stehen.

»Nachdem, was wir gestern erfahren haben, ist jetzt Meckel dran, stimmt's?«, sagte Zorn ohne weitere Begrüßung, als hätte es keine Unterbrechung gegeben.

Sie nickte, kaute an der Brotscheibe und sagte: »Ja, und Gilzem, Kaschenbach, Eisenach, Welschbillig und Hilzay natürlich, wenn wir es finden.«

»Also praktisch alles hier?«

»Ja. Sozusagen.«

Sie waren beide von unermüdlicher Emsigkeit befallen, aber es war nicht Bartmanns Frist, die sie drängte, es war die Sorge um Julia Kirschbauer, die ihnen die Möglichkeit gab, ohne Unterlass zusammenzuarbeiten. Und Jerome war nicht da.

»Waren Sie in der Zwischenzeit überhaupt in Köln?«, fragte Sonja neugierig.

»Nein.«

Sie rechnete nach. Er musste über sechs Stunden in seinem

blauen Ford gekauert haben. Wieso war er nicht erfroren?

Sonja starrte auf der B 51 aus dem Seitenfenster und behielt den Straßengraben und das direkt daran angrenzende Feld im Auge. Vor Helenenberg bog Zorn links ab. Überlandleitungen kreuzten die schmale Straße ohne Mittelstreifen. Ein Hase flitzte vor ihrem Auto vorbei, auf dem Holzzaun drüben wartete schon der Feind, bewegungslos, ein Habicht. Es war fast hügelig hier oben, und Meckel lag in einer kleinen Talsenke, hatte immerhin einen Friedhof hinter einer hohen Steinmauer und ein paar Fremdenzimmer zu bieten, eine Kirche natürlich, einen dampfenden Misthaufen und ein Futtersilo, eine Katze und einen Hund, die friedlich nebeneinander lauernd in einer Toreinfahrt saßen. Zorn erging sich wieder in der berauschenden Schönheit des Bitburger Gutlandes. Aber dann schüttelte er bedauernd den Kopf und sagte: »Langeweile kriecht hier aus jeder Ritze. Kein Wunder, dass die Jungs auf solche Ideen kommen. Das hier ist nichts für junge Leute.«

»Nein«, meinte Sonja, »das ist eher was für uns.«

Er sah sie erstaunt an. Natürlich gingen Männer mit ihren grauen Schläfen anders um, als Frauen.

Sie scheuchten die Eltern der jugendlichen Gang aus ihrem dörflichen Frieden auf und besichtigten jeden Winkel ihres Hab und Gutes. Ihre Söhne hatten sie informiert, und das war auch gut so. Die Eltern starteten allesamt einen Versuch, die Tat als Jungen-Streich zu bagatellisieren, aber Sonja und Zorn holten sie schnell zurück auf den Boden der Tatsachen. Sie gaben schließlich klein bei, versprachen, ihren Söhnen ins Gewissen zu reden und darauf zu achten, dass so etwas nie wieder passieren würde. Zündorfs und Giesens waren sich einig, dass es alles nur Tim Müllers Schuld wäre, ein ganz Ausgekochter, der ihren schüchternen Frank und ihren ängstlichen Markus verführt hätte. Die beiden könnten eben nicht nein sagen.

»Dann wird es Zeit, dass sie es lernen. Was für einen Mist lernen sie eigentlich auf der Schule? Logarithmen und Konjugationen?«, schimpfte Zorn.

Die Eltern baten verstört um Diskretion, wenn das die Nachbarn erfahren würden, mein Gott!

»Daran hätten Sie früher denken müssen«, sagte Zorn streng wie ein Richter, »Sie haben ihre Aufsichtspflicht verletzt.«

Vater Zündorf bot Frieden an und einen enormen Schinken, einen Selbstgebrannten und ein frisches Bauernbrot dazu, und beinahe hätte Zorn zugegriffen, wenn Sonja ihm nicht auf die Finger gesehen hätte.

»Hier wird nicht geklüngelt. Wir sind nicht in Köln.«

Tims Mutter, eine kleine, hilfsbereite Bauersfrau, der die Verzweiflung ins Gesicht geschrieben stand, ließ kurzerhand ihre dampfenden Töpfe und den hungrigen Mann zurück, zog eine graue Strickjacke über und kletterte tapfer hinter Sonja auf den Rücksitz, um ihnen die Scheune zu zeigen, in die die Jungen den Volvo gestellt hatten. Sie lag nur hundert Meter außerhalb des Dorfes. Natürlich nahm sie Tim in Schutz. »Nur ein Streich«, lächelte sie, »sie sind noch Kinder.« Und sie hoffte auf Zustimmung. Aber auch die Scheune war eine Enttäuschung. Reifenspuren von Traktoren und Autos, Werkzeuge eines Mechanikers, ein paar leere Bierflaschen, ein alter ölverschmierter Pullover. Ersatzteile lagen verstreut herum.

Aber als sie den Traktor sehen wollten, sagte die Frau: »Wir haben keinen Traktor.«

»Aber Tims Opa hat einen Traktor.«

»Tim hat keinen Opa mehr.«

Sie brachten Tims Mutter zurück, ließen sie am Straßenrand stehen, und sie sah ihnen lange nach.

»Wer belügt hier eigentlich wen?«, fragte Zorn, als er am Ortsausgang links in Richtung Kaschenbach abbog.

Sonja hatte das Gefühl, in einem Labyrinth zu sein.

Irgendwie ähnelten sich die Orte auf verwirrende Weise, auch die Wege und Straßen und die Felder in ihrer näheren Umgebung, selbst die Menschen, die ihnen begegneten, schienen immer die gleichen zu sein. Wären nicht die Ortsschilder gewesen, hätte sie den Eindruck gehabt, sich im Kreis zu drehen. Wie schnell muss man sich hier erst nachts und im Nebel verlieren, dachte sie. Sie stellten überall die gleichen Frage, erhielten überall die gleichen Antworten.

Eine Frau? In jener Nacht? – Nein.

Auf dem Weg zurück nach Trier, kamen sie an einem Wildgehege vorbei. Rehe standen am Futtertrog unter einem schützenden Dach, nicht ahnend, welch köstliches Gulasch sich aus ihnen bereiten ließe. Sonja kontrollierte wieder beide Seitenstreifen.

»Stop«, rief sie plötzlich und griff Zorn ins Lenkrad.

Er bremste scharf und fuhr mit quietschenden Reifen an den Straßenrand.

Sie drehte sich um: »Da drüben!«

»Was denn?«

Sie stieg eilig aus, überquerte die B 51 zwischen zwei LKWs. Zorn sah, wie sie über den Straßengraben sprang und sich bückte. Als sie sich aufrichtete, hielt sie einen trostlos verwelkten Blumenstrauß in den Händen und winkte damit fröhlich hin und her. Sie nahm sich einige Zeit, um die nähere Umgebung abzusuchen. Dann lief sie wieder ausgesprochen leichtsinnig über die B 51, und Zorn war entsetzt.

»Es könnte der von Julia Kirschbauer sein«, sagte sie aufgeregt, warf ihn auf den Beifahrersitz und drehte sich noch einmal um.

Das blaue Seidenpapier war durchnässt, die Orchideen waren sicher einmal sehr schön und sehr blau gewesen, jetzt hatten sie alle Farbe verloren. Zorn lobte sie für ihren Adlerblick, aber sie hörte es nicht.

Angestrengt hielt sie Ausschau. Sie standen an einer kleinen Wegbiegung. Direkt an der Ecke lag ein alter Bauernhof hinter einer hohen Mauer und am Ende des Weges in einer Mulde erspähte sie im Stehen und auf Zehenspitzen eine niedrige Kirche und ein paar Häuser, von denen man nicht viel mehr als die Dächer und Kamine sah. Keine dreihundert Meter weit zu gehen und doch so versteckt und unscheinbar, dass es ihr jetzt zum ersten Mal auffiel. Sonja zeigte auf den alten Bauernhof und rief: »Hier fragen wir nach Hilzay.«

Sie gingen zunächst am Eingang vorbei in den Hinterhof und sahen einen alten, gebückten Mann zusammen mit einem jungen Typen in Jeans Gegenstände aus einem Auto mit luxemburgischem Kennzeichen über den Hof ins Haus schleppen. Bilder in verschiedenen Größen, sorgsam in Packpapier eingeschlagen und mit Kordel verschnürt. Der Alte schnaufte außer Atem, bemerkte sie nicht und schien in Eile. Nach der letzten Fuhre kam nur der Luxemburger wieder heraus und fuhr davon. Sie blieben am Toreingang stehen, hinter den eckigen Pfeilern aus Backstein, sodass er sie nicht sehen konnte.

Dann klingelte Sonja lange an der Eingangstür. Endlich hörte sie Schritte, die sich schlurfend näherten.

»Ja, ja, ich komme schon, nur mit der Ruhe.«

Der alte, gebückte Mann entpuppte sich als Antiquitätenhändler. Er ließ sie vorgehen in seinen dunklen, überheizten Laden, der randvoll mit seltsamen Schätzen war. Vom Nachtgeschirr bis zum Sekretär, von der Spitzentischdecke bis zum Kronleuchter hatte er alles gesammelt, was die Nachbarn aus ihren Dachböden zusammengesucht hatten. Epochen und Stilrichtungen unerheblich, alles, was sich an Touristen verkaufen ließ. Aber keine Bilder.

»Ist Ihr Laden ein Geheimtipp?«, fragte Sonja und sah sich um.

»Wieso?«

»Weil sie kein Schild an Ihrer Hauswand haben. Kein

Mensch würde auf die Idee kommen, dass hier ein Antiquitätenhandel ist.«

»Viele Leute wissen, dass das hier ein Antiquitätenhandel ist«, sagte er vage, »und Sie haben schließlich auch hierher gefunden, nicht wahr?«

Er verwickelte sie in ein Gespräch, als sie vor einem besonders schönen Stuhl stehen blieb. Ein Bischofsstuhl aus tiefdunkler Eiche mit hoher, steiler, gedrechselter Lehne, hochglanzpoliert, der Bezug aus dunkelrotem Samt mit gestickten Bibelmotiven, goldenen Bommeln an den Knäufen, die kleine Teufelsköpfe darstellten mit reißendem Gebiss. Sonja wischte liebevoll Staub aus den Maserungen und dachte an Jerome. Hier könnte er sich für immer und endgültig inthronisieren lassen, kaisermäßig, ausgehendes 14. Jahrhundert nach Christus. Aber nein, so wie die Dinge standen, hatte er ihn nicht verdient.

»Der ist mindestens zweihundert Jahre alt, und ich hatte sieben Stück davon. Touristen«, er lächelte unter seinen wuchtigen Augenbrauen, die über seine dunklen Augen hingen, »die kaufen alles. Entschuldigen Sie, aber Sie sind ja wohl auch eine Touristin.«

»Nein, nein«, wehrte sie ab, »ich bin keine Touristin. Ich bin nur eine Kommissarin, und das ist mein Kollege.« Sie zeigte auf Zorn, der hinter ihr stand, die Hände auf den Teufelsköpfen, »wir suchen eine Frau, die hier in der Nähe vor sechs Tagen, letzten Freitag, spurlos verschwunden ist, spät abends auf ihrer Heimkehr nach Köln.«

Und alle Freundlichkeit wich aus dem Gesicht des alten Mannes. Er ging zur Haustür, öffnete sie und sagte: »Und ich bin ein alter Antiquitätenhändler. Ich will in Ruhe meine Sachen verkaufen, sonst nichts. Ich kümmere mich nicht darum, was in meiner Nachbarschaft passiert, ich weiß nicht einmal, wer meine Nachbarn sind. Ich will nur meine Ruhe haben.«

»Wenn Julia Kirschbauer, ich meine die Frau, die wir suchen, wenn sie in der Nacht an Ihrer Tür geklingelt hätte?«, fragte Sonja weiter.

»Dann hätte ich es nicht gehört«, und er hielt sich beide Ohren zu.

»Und wenn es ein Notfall gewesen wäre?«

Er seufzte.

»Was dann?« Sonja gab nicht auf.

»Ich hätte es nicht gehört«, wiederholte er, »ich trage ein Hörgerät«, und er knipste es umständlich ab, hielt es hier hin, zum Beweis. »Hörgeräte sind etwas Wunderbares. Man kann sie abschalten, wenn man nichts hören will. Man kann sie laut und leise stellen, ganz wie einem zumute ist.«

»Ich verstehe.«

»Ja, so ist das. Und nachts stelle ich es ab, das ist doch ganz natürlich. Würden Sie das nicht tun?«

»Doch.«

»Wenn ich zu Bett gehe, lege ich es ab. Und ich weiß, dass ich eine ruhige Nacht haben werde. Sie glauben ja nicht, was hier an der Durchgangsstraße manchmal los ist. Bitte gehen Sie jetzt. Ich habe zu tun.«

»Bilder aus Luxemburg importieren?«, fragte Sonja.

Und wenn seine Geschäfte nicht legal waren, so ließ er sich nichts anmerken, als hätte er es nicht gehört. Selbst bei eingeschaltetem Hörgerät beherrschte er die Kunst Sätze auszufiltern, die er nicht hören wollte.

Er wollte schon hinter Sonja und Zorn die Türe zuschieben. Sonja hinderte ihn daran und fragte: »Wie heißt das Dorf da hinten?« Und sie zeigte zu den fünf Bauernhäusern in der Talsenke.

»Das?«, fragte er erstaunt, als gäbe es irgendein anderes in Sichtweite, »das ist Hilzay.« Und er schloss die Türe.

»Da haben wir es ja«, murmelte Sonja.

Und der Gedanke, dass vielleicht alle Spuren in Hilzay

zusammenführen, kreiste sie ein. Sie standen vor Kälte zitternd auf der holprigen, schmalen Straße, die sich über kahle Felder dem Ort in einigen Windungen näherte. Zorn stand hinter ihr und legte die Hände auf ihre Schultern.

»Hier holen wir uns erst einmal den Ledermantel und vielleicht alles andere auch«, sagte sie gedankenverloren.

»Morgen.« Er drehte sie um und schob sie zum Auto.

Sie konnte es nicht mehr abwarten. Aber Zorn hatte Recht. Es dämmerte schon. Die Jahreszeit machte ihr einen Strich durch die Rechnung. Sie dachte an Bartmann und seine Hundestaffel, die Hubschrauber und die Suchmannschaften. War es ein Fehler zu warten? Die Woche Vorlauf, die er ihr zugestanden hatte, konnte Julia Kirschbauer das Leben kosten. Würden sie sie rechtzeitig finden?

13. Kapitel

Seine linke Hand war eine makellose Plastikhand, mit schmalen bewegungslosen Fingern, die über dem Daumen lagen, in hellem Beige, glatt, ohne Adern und Sehnen. Sie reichte ein Stück bis in den Hemdsärmel hinein, da erst konnte man, wenn er den Arm hob, das Ende sehen, eine abgerundete Kante, eine Hand, die einfach aufhörte. Seine Rechte war eine schwielige Bauernhand, die Fingerkuppen gelb vom Nikotin. Eine schwarze Zigarette steckte aufrecht in einer silbernen Spitze vor seiner Nase, und der Qualm stieg direkt vor seinen Augen auf. Wenn er seine Zigarette nicht mehr sehen konnte, wenn sie kleiner war als seine Nase, tauschte er sie mit geübtem Griff gegen eine neue, und das machte er jetzt schon die ganze Zeit, während sie vor ihm saßen.

Sie hatten sich das erste Bauernhaus rechts am Ortseingang von Hilzay vorgenommen, wollten systematisch vorgehen, zwei rechts von der Kirche, zwei links und zum Schluss hinter der Kirche den Gasthof *Krone*, mit einem flackernden K in der Leuchtschrift. Der Erste war Bauer Christen, Helmut, der in der Dreschmaschine die rechte Hand gelassen hatte.

»Eine schlimme Geschichte«, sagte seine Frau Gabriele, die hinter ihm stand und ihm liebevoll über die letzten Haare strich. Er stieß ihre Hand mit einem Kopfschütteln weg und brummte, ohne die Zigarettenspitze aus dem Mund zu nehmen, Asche flog wie Schnee in seinen Schoß.

Er hatte auch seine Stimme gelassen beim Dreschen auf dem Feld und all seinen Lebensmut.

»Wir haben Toni verloren, unsere einzige Tochter. Seitdem ist er so.«

»Verloren?«, fragte Sonja nach.

»Ja. Sie war erst achtzehn als sie starb.«

Die Trauer schien frisch, und so fragte Sonja nach dem Todestag und der Ursache.

»Ach«, wehrte Gabriele Christen ab.
»Ein Unfall?«
»Nein.« Gabriele Christen schien den Fragen ein Ende machen zu wollen.
»War sie krank?«
»Warum sind Sie hier?«, fragte Gabriele Christen plötzlich ziemlich barsch. »Wollen Sie alte Wunden aufreißen?
»Absolut nicht. Entschuldigen Sie. Es ist nur meine Neugier. Aber wenn Sie nicht darüber sprechen wollen.«
»Nein, wir wollen nicht darüber sprechen, nicht wahr, Helmut? Sind Sie wegen dem Traktorunfall von neulich hier?«
»Nein«, sagte Sonja.
»Gestern war die Polizei nämlich schon hier. Angeblich soll hier ein Mann von einem Traktor überfahren worden sein.«
»Und?«
»Es wird wohl so sein, wenn man ihn hier gefunden hat. Aber der Traktorfahrer war keiner von uns, da bin ich sicher. Wir kennen uns alle sehr gut seit vielen, vielen Jahren. Warum sollte das einer tun?«
»Haben Sie denn einen Traktor?«
»Nein«, sagte Gabriele Christen.
»Doch«, sagte plötzlich Helmut Christen und nahm die Zigarette aus dem Mund, zeigte hinter sich und steckte die Zigarette wieder zwischen die trockenen Lippen.
»Ach ja, auf dem Feld steht einer. Aber er ist kaputt, glaube ich.«
Zorn teilte den Christens den Grund ihres Besuches mit. Aber Gabriele Christen fuhr einfach fort, als hätte sie lange niemanden gehabt, dem sie etwas erzählen konnte: »Die Schwester wohnt nebenan«, sagte sie, und Sonja fragte sie, wessen Schwester.
»Seine natürlich«, sagte sie ungehalten und zeigte auf ihren Mann, strich wieder über seinen Kopf, ließ sich wieder abschütteln, »ich habe nur eingeheiratet, ich habe keine Ver-

wandten hier. Seine Schwester, die Ursula, sie hat vier Kinder. Aber es gibt auch andere Nachbarn, in Meckel und auch in Gilzem, die ich fragen kann im Herbst, wenn es besonders viel Arbeit gibt, und ich gar nicht mehr weiß, was ich zuerst machen soll. Jetzt im November wird alles ein bisschen ruhiger, Gott sei Dank.«

Das Alter der beiden war undefinierbar, als hätten sie keine Vergangenheit und keine Zukunft. Wie Bäume, dachte Sonja, die reglos die Zeit an sich vorbeistreichen lassen, Wind und Wetter trotzen, Stürme und Fluten überstehen, bevor sie eines Tages – vielleicht an einem himmelblauen Tag – plötzlich umstürzen und sterben.

Sonja fragte nach letztem Freitag.

»Wie sollen wir wissen, was wir an dem Tag gemacht haben? Ein Tag ist wie der andere.«

»Es war ein Freitag, wie heute«, wiederholte Sonja, »was machen Sie freitagabends?«

Gabriele Christen seufzte. »Ein Tag ist wie der andere, sage ich doch. Es wird früh dunkel jetzt, und es gibt draußen nichts zu tun. Wir sitzen hier zusammen, Helmut raucht, und ich lese in Zeitschriften, mache eine Handarbeit, oder wir sehen zusammen fern.«

»Oder Sie gehen schon mal hinüber in den Gasthof auf ein Gläschen?«

»Nein«, wehrte Gabriele Christen sofort ab, »nein, nicht in die *Krone*. Niemals.«

Und auch Helmut Christen schüttelte den Kopf.

»Und wann gehen Sie zu Bett?«

»Früh. Gegen neun ist hier Schluss. Ich bin abends immer sehr müde.«

»Und wenn Julia Kirschbauer noch an Ihre Haustür gekommen wäre, nach zehn?«

»Sie ist aber nicht hier gewesen«, beteuerte Gabriele Christen.

Sonja wollte das Haus sehen, den Hof, die Scheune, alles, was dazugehört. Und Gabriele Christen führte sie durch die Küchentür hinaus in den Hof über Kopfsteinpflaster, blank und schwarz vom vielen Regen, weit auseinander liegend und versunken, durch eine lange Scheune und schließlich ganz am Ende hinter dem Silo und den Mülltonnen zu einer verwitterten und verwaisten Hundehütte. Eine kurze, schwere Kette lag dreckig und verrostet auf dem Boden, der leere rosa Plastiknapf war umgekippt. Sonja entdeckte einen hellen Schatten im Inneren, der sich kurz bewegte, dann wieder verschwand. Und als sie näher kam, sich hinunterbeugte, den Kopf fast in die Hütte steckte, da sah sie ihn: Ein kleines weiß-schwarzes Bündel, das sich mühsam erhob, sie ängstlich ansah, mit schwarzen, vorstehenden Käferaugen. Die spitzen Ohren peilten in alle Richtungen, aber er gab keinen einzigen Ton von sich. Die Pfötchen zitterten alarmierend, und der bleistiftdünne Schwanz wischte auf dem Boden hin und her. Dann sank er wieder um. Er war verdreckt und verkommen und stank erbärmlich.

Max, der stumme Hund, dachte Sonja sofort.

»Max?«, rief sie, und er reagierte prompt und lautlos, sprang an ihr hoch und wedelte aufgeregt mit dem Schwanz. Die schwere Kette hatte sein Fell wund gescheuert, blanke, rosa Haut, die linke hintere Pfote schien verletzt, geschwollen und heiß, er krümmte den Rücken, sein Bauch war prall und hart. Sein Leben hing an einer kurzen Kette. Sonja band ihn los, nahm ihn hoch in ihre Arme und hielt ihn Gabriele Christen hin.

»Ist das Ihr Wachhund?«

»Ja, das ist Klein-Josef«, sagte Gabriele Christen und strich über seinen Kopf und das verkrustete Fell. »Er ist ein bisschen klein, ja, aber besser als gar kein Hund.«

»Hat er je gebellt?«

Sie dachte nach. »Ich weiß nicht.«

»Mit Sicherheit nicht. Er ist nämlich stumm. Was wollen Sie mit einem stummen Wachhund?«

»Stumm? Das konnte ich nicht wissen. Ich wusste nicht, dass es stumme Hunde gibt.«

»Sehen Sie denn nicht, wie krank er ist?«

»Aber nein, es geht ihm gut, er ist ein bisschen dreckig, das ist alles. Das kommt vom Wetter. Immer der Regen.«

»Und die Wunde da am Hals ist auch vom Regen?«

»Unser alter Josef war da schon ein bisschen härter im Nehmen. Aber er ist ja nun tot.«

»Der hier ist auch bald tot.«

»Die Nachbarn wollten uns doch nur einen Gefallen tun.«

»Welche Nachbarn sollen das gewesen sein?«

»Drüben der Grams hat gesagt, dass er den Hund gefunden hat. Er wäre in der Gegend herumgelaufen, ohne Halsband. Ein Hund ohne Halsband gehört niemandem, oder?«

»Wann hat er ihn zu Ihnen gebracht?«

»Er saß eines Tages da.«

»Eines Tages?«

Gabriele Christen überlegte, gab sich Mühe, aber Zeit spielte in ihrem Leben eine geringe Rolle. »Eines Morgens eben.«

Zorn hatte in der Zwischenzeit die Scheune und den restlichen Hof inspiziert, das ganze Gelände, wie ein Habicht auf der Jagd nach einer einzigen Taube, so wie er aussah, denn er hatte Strohhalme auf den Schultern, Lehm an den Sohlen und hielt die schmutzigen Hände weit von sich. Er beugte sich über Max und wandte sich sofort wieder ab. Als Sonja ihn in seine Arme legte, drehte er den Kopf weg.

»Legen Sie ihn ins Auto und decken Sie ihn ja zu. Und das Ganze vorsichtig.«

Zorn nickte und langsam trug er Max in Richtung Auto. Sonja hörte, dass er mit ihm sprach.

»Keine Horrorgeschichten«, rief sie ihm nach.

Zorn drehte sich kurz um und versuchte zu lächeln.

Gabriele Christen führte Sonja durch das Erdgeschoss in den ersten Stock, wo sich das Schlafzimmer unter der Schrägen befand, mit schweren Federbetten und Matratzen, durchgelegen vom Alter und den Ängsten vieler Jahre, und nebenan ein winziges Bad. Tiefe Schubladen mit Zeitungspapier ausgelegt, Topfblumen auf den kalten Fensterbänken, die um ihr Dasein rangen, verblasste Vorhänge, ein schäbiger Läufer. Sie hatte auch nichts gegen die Besichtigung des Dachbodens, des Kellers, und der Kammern einzuwenden. Jeder Winkel eine Enttäuschung. Es roch nach Jahren der Trübsal.

»Ich sagte Ihnen doch. Sie war nicht hier. Warum sollte sie auch?«

Vor der Haustür fragte Sonja, ob sie wüsste, dass Mitwisser und Mittäter ebenfalls bestraft würden. Aber Gabriele Christen verstand nicht.

»Ich würde es Ihnen doch sagen, wenn sie hier gewesen wäre, ich habe doch nichts zu verbergen«, sagte sie und schüttelte immer wieder den Kopf, »wie kommen Sie nur darauf?«

»Wie ich darauf komme? Ganz einfach. Nach allem, was wir wissen, war Julia Kirschbauer in großer Not, sie brauchte dringend Hilfe. Jemanden, der sie aufnahm. Hätten Sie das getan?«

»Aber natürlich. Was denken Sie eigentlich von uns?«

»Was ich denke? Ich denke, wer einen kleinen Hund im Hof verkommen lässt, hat auch keine Skrupel, einen Menschen sich selbst zu überlassen.« Sonja wurde laut, ballte wütend die Fäuste in den Jackentaschen und versuchte, nicht ausfallend zu werden. Dabei hätte sie Gabriele Christen gern noch ganz andere Sachen an den Kopf geworfen.

Doch Zorn machte ihr Zeichen mit den Augen, schüttelte den Kopf und trat von einem Bein aufs andere.

»Wir müssen weiter«, rief er und klopfte aufs Autodach.

»Erforschen Sie mal Ihr Gedächtnis«, riet Sonja Gabriele Christen zum Abschied, »wir kommen nämlich wieder.«

»Warum denn?«

Aber Sonja blieb ihr die Antwort schuldig. »Was ist denn los?«, fragte sie Zorn, als sie neben ihn trat.

»Sie sind ein bisschen zu weit gegangen, finde ich.«

»Und wieso?«

»Nur weil die Christens Max an die Kette gelegt haben, können Sie ihnen doch nicht gleich unterstellen, sie hätten Julia Kirschbauer ...«

»Kann ich doch.«

Sonja sah nach Max. Zorn hatte ihn mit einer alten Wolldecke zugedeckt, nur die Schnauze war noch zu sehen.

»Können wir ihn allein lassen?«, fragte sie.

»Ja, er schläft.«

Zwischen dem Hof der Christens und dem nächsten Hof war ein freies Stück Land, eine Weide. Ein Haufen Hühner linste gierig durch die Achtecke ihres Zaunes. Am hinteren Ende der Weide stand eine Reihe Pferdeboxen, die oberen Klappen geöffnet. Als Zorn und Sonja stehen blieben und lange hinübersahen, steckte das erste Pferd seinen Kopf aus der Box. Ein hellbraunes mit einem weißen Fleck auf der Nase blickte neugierig zu ihnen herüber. Und dann tauchten auch aus den anderen zwei Boxen Pferdeköpfe auf, einer nach dem anderen, wie abgesprochen. Sie schüttelten die Mähnen und schnaubten heißen und dampfenden Atem. Zorn stand ganz versunken da, und Sonja musste ihn am Ärmel hinter sich herschleifen.

»Sie haben gar keinen Sinn fürs Landleben«, grummelte er vorwurfsvoll.

»Ich bin eben schon viel zu lange hier.«

Bei Bastians nebenan, wo Christens Schwester Ursula wohnte, ging es hoch her. Kindergeschrei kam aus dem oberen Stockwerk, Klavierübungen und Radiostimmen aus der offenen Haustür. Die Bastians waren wesentlich jünger und voller Leben.

Vier Kinder hätten sie, erzählte Peter Bastian stolz, ein Vierzigjähriger mit hellblauen Augen, und schob seine Frau vor, eine hübsche Blonde, die ihn Hilfe suchend ansah. Er rief auch den Rest seiner Familie, der zu Hause war, zusammen. Einen kleinen, schmächtigen Jungen und seine etwas größere Schwester, beide sicher noch keine sieben Jahre alt und alle weizenblond. Sie kamen die Holztreppen heruntergepoltert, und Vater Bastian reihte sie auf, wie zu einem Foto, und erklärte sogleich das Fehlen der übrigen Familienmitglieder.

»Stefanie, das ist unsere Älteste, sie wohnt in Trier. Sie hat vor einem Jahr geheiratet, einen Arzt, und sie kommt nur manchmal noch am Wochenende nach Hause. Und Sabine, sie ist achtzehn, lernt in Trier Einzelhandel, sie will Verkäuferin werden. Das ist zwar nicht gerade das, was ich mir für sie gewünscht habe, aber wenn sie unbedingt will. Da kann man nichts machen.«

Sonja erzählte kurz den Grund ihres Besuches. Die beiden Kleinen machten große Augen, das Mädchen legte ihrem Bruder die Hand auf den Mund, damit er nicht losplapperte.

»Mein Kollege wird sich ein bisschen in Ihrem Haus und auf Ihrem Hof umsehen, wenn Sie einverstanden sind. Und ich werde mich in der Zwischenzeit mit Ihnen unterhalten, ja?«

»Braucht man dazu nicht einen Hausdurchsuchungsbefehl?«

»Aber Sie doch nicht«, lockte Sonja ihn, »Sie haben nichts zu verbergen, oder?«

Sofort schüttelte Peter Bastian eifrig die blonden Haare und Zorn machte sich auf den Weg. Die beiden Kleinen waren hin- und hergerissen, wo es denn am spannendsten sein würde, warfen kleine, flatternde Seitenblicke in alle Richtungen und entschieden sich für den geheimnisvollen Zorn, der ihnen zunickte mit einem Zwinkern in den Augen. Es sah nach Schnitzeljagd aus.

Peter Bastian und seine Frau hatten Julia Kirschbauer nie gesehen, versicherten sie. Sie wären Frühaufsteher, schließlich müssten er und die beiden Kleinen pünktlich um acht in der Schule sein, und das bedeute, dass die Nacht um sechs Uhr zu Ende war.

»Aber es war ein Freitagabend«, sagte Sonja, »samstags können Sie doch ausschlafen. Da hätten Sie auch zum Beispiel in der *Krone* sitzen können.«

»Ach ja, stimmt«, sagte Bastian irritiert, »aber letzten Freitag haben wir Bekannte besucht, einen befreundeten Kollegen und seine Familie in Gilzem. Ich bin Lehrer in Trier, müssen Sie wissen. Und in der *Krone,* da sitzen wir nie.«

Brave Leute, dachte Sonja verwundert, die nie in Kneipen sitzen, wo doch die Kneipe der einzige Ort ist, an dem man hätte Abwechslung finden können.

»Waren Sie alle zusammen in Gilzem, Frau Bastian?«

Bastian ließ seine Frau nicht zu Wort kommen.

»Aber natürlich«, griff er wieder ein, »wir können die beiden Kleinen doch nicht allein zu Hause lassen. Außerdem hat der Kollege auch Kinder. Wollen Sie seinen Namen und seine Adresse?«

»Vielleicht später«, sagte Sonja und sprach Ursula Bastian auf ihren kranken Bruder nebenan an.

Aber wieder kam ihr Peter Bastian zuvor: »Ein Drama«, begann er schnell und atemlos, »ich war selbst dabei und habe ihn ins Krankenhaus gefahren. Aber es war zu spät, es blieb nur die Amputation ...«

»Und der Hund?«

Die beiden sahen sich an, überlegten einen Moment, und dann antwortete wieder Peter Bastian: »Der alte Josef, ja, das war erst in diesem Sommer. Er hatte ein gutes Alter für einen Hund, aber dann konnte er nicht mehr fressen, und die Zähne fielen ihm aus. Er hatte Rheuma und sie mussten ihn einschläfern lassen ...«

»Ich meinte eigentlich den kleinen weiß-schwarzen, der angeblich plötzlich da war«, unterbrach Sonja ihn.

»Ach, den. Holger Grams, unser Nachbar von gegenüber, hat gesagt, er hätte ihn draußen auf einem Feldweg gefunden und sich gedacht, dass die Christens doch dringend einen neuen Hund bräuchten.«

Zorn stand wieder in der Tür, die beiden Kleinen an seiner Seite, und streckte Sonja eine Handtasche entgegen. Alle drei mit großen Augen, und auch Peter und Ursula Bastian starrten auf das Fundstück.

»Mit Ausweis, Führerschein, einer leeren Börse, Kalender, Lippenstift, Parfüm, Kuli und einem Buch«, sagte Zorn und zog das blutrote Taschenbuch hervor, *Tod im Schnee*, kleine Spickzettel schauten an verschiedenen Stellen heraus.

»War alles im Zimmer von Sabine, sagen die beiden«, und er zeigte mit dem Finger von oben auf die Köpfe der Kinder. Er machte sich wieder auf den Weg, die Kleinen konnten es vor Spannung kaum aushalten, stießen sich in die Rippen, und folgten ihm, während Peter und Ursula Bastian die Augen nicht von der Tasche ließen.

»Kennen Sie die Tasche?«

»Nein, bestimmt nicht. Sabine hat nicht so eine Tasche, das wüssten wir«, versicherte Bastian, der alles unter Kontrolle zu haben schien.

»Es ist die Handtasche der Frau, die wir suchen. Tim Müller hat sie in ihrem Auto gefunden und Ihrer Tochter geschenkt. Sie kennen Tim Müller?«

»Allerdings! Er steigt ihr nach«, begann Bastian wütend. Tim Müller war nicht der Schwiegersohn, von dem er zu träumen schien.

»Ja, Tim Müller, den sollten Sie sich mal vorknöpfen. Unsere Tochter so in Schwierigkeiten zu bringen. Ich versuche meinen Kindern Recht und Unrecht von klein auf beizubringen, und dann kommt so ein Kerl daher und macht alles kaputt. Aber ich habe dir ja immer gesagt«, sagte er zu seiner Frau, »der ist nichts für Sabine.«

Seine Frau legte beruhigend die Hand auf seinen Arm.

»Dazu gehören zwei«, sagte Sonja und alle sahen zur Tür, die sich wieder öffnete. Ein hübsches Mädchen, weizenblond wie alle Bastians, stürmte atemlos herein.

»Was ist hier los? Der Typ draußen im Hof durchsucht jeden Winkel, was soll das?«

Und ihr Blick fiel auf die Handtasche. Mit zwei Schritten war sie neben Sonja und riss sie ihr aus der Hand, drückte sie fest an sich. »Was soll das? Wieso waren Sie in meinem Zimmer?«

Peter Bastian sprang auf und wollte sie beruhigend in den Arm nehmen, aber sie schüttelte ihn ab.

»Lass mich.«

»Aber Kind, reg dich nicht auf. Es wird sich alles klären. Sei ganz ruhig. Ich mache das schon. Du kannst ja nichts dafür.«

»Nichts ist in Ordnung. Das lass ich mir nicht bieten.«

Aber als Bastian ihr mit leisen, eindringlichen Worten den Stand der Dinge erklärte, wurde sie ruhiger.

»Es war ein Geschenk«, gab sie zu.

»Eine gestohlene Handtasche mit Ausweisen, Lippenstift, Kuli und Kalender ist ein seltsames Geschenk«, sagte Sonja.

»War es aber«, beharrte sie, »das, was drin war, hatte ich in meine Schublade im Nachttisch gelegt, Billie und Tobias müssen es einfach ... ich habe ihnen schon tausendmal gesagt, dass sie nicht in mein Zimmer dürfen. Immer schnüffeln sie in meinen Sachen herum. Aber ich darf ja nicht abschließen.«

»Und das Portemonnaie war leer?«

»Aber ja«, sagte sie entrüstet.

»Was hat Tim Müller Ihnen erzählt?«

»Er sagte, er hätte die Tasche gefunden. Sie hätte im Straßengraben gelegen.«

»Ist er Ihr Freund?«

Sie wurde rot und wandte sich ab.

»Nein, er ist nicht ihr Freund«, ging Bastian dazwischen, »nicht, solange ich es verhindern kann.«

Zögernd gab Sabine Sonja die Handtasche zurück und stand dann unschlüssig da, wusste nicht, was jetzt von ihr erwartet wurde. Die Blicke des Vaters schüchterten sie ein.

»Haben Sie nicht noch etwas für mich?«, fragte Sonja.

Sabine schüttelte heftig den Kopf. Aber draußen im Flur, nachdem Sonja sich von dem Ehepaar Christen verabschiedet hatte und gehen wollte, stand sie plötzlich hinter ihr.

»Ich hab noch was«, sagte Sabine leise, »Tim hat gesagt, ich dürfte es nur tragen, wenn mich keiner sieht.«

Sie nahm Sonja mit nach oben in den ersten Stock in ihr Zimmer. Ein schmaler länglicher Raum. Poster grinsender Boy Groups an den Wänden, in einem Jugendzimmer, in dem Bett und Schrank und Tisch zusammenpassten. Sie hatte ein geheimes Fach, einen zweiten Boden sozusagen, in ihrem Kleiderschrank, einen Ort, an dem sie Dinge vor den neugierigen Augen der kleinen Geschwister verstecken konnte, und zog den Ledermantel daraus hervor.

»Ich habe ihn nie getragen, ehrlich.«

Es war ein Lammfellmantel, und Sonja durchsuchte die Taschen. Aber bis auf ein zerknülltes Taschentuch in der linken Seitentasche fand sie nichts.

Zorn wartete am Tor und erzählte den beiden Kleinen Räubergeschichten. Sie sahen ehrfürchtig zu ihm hoch, legten die Köpfe schief und rangen die Hände.

»Da ist er ja«, sagte Zorn, als er den Ledermantel sah.

»Sie hat ihn freiwillig herausgerückt«, sagte Sonja und legte ihn zusammen mit der Handtasche ins Auto.

Max sah nur kurz hoch und schloss dann wieder die Augen. Er fühlte sich offenbar sicher.

»Wir kommen voran«, sagte Zorn stolz, als sie hinübergingen zu Grams, »wir sind ein gutes Team.«

Er nahm kurz ihre Hand, blieb stehen und sah sie an. Aber sie drängte weiter.

»Ja, ja. Weiter, weiter«, trieb sie ihn an, »halten Sie keine Reden. Wir wären ein besseres Team, wenn wir endlich Julia Kirschbauer finden würden.«

»Sie hetzen, Frau Kollegin. Wir haben das Auto, den Ledermantel, die Handtasche.«

»Aber wir haben nicht Julia Kirschbauer.«

»Und ich dachte, auf dem Lande geht es ruhig zu.«

Er zuckte mit den Schultern, aber dann beschleunigte er doch folgsam seinen Schritt und überholte sie. Sie überquerten den kleinen ovalen Platz mit den verblühten Kletterrosen und dem steinernen Kreuz in der Mitte. Eine schmale Vase mit Plastikblumen und Tannenzweigen stand davor, aber es gab keine Inschrift. Ein niedriges Gitter und eine Reihe Pflastersteine umsäumten das Beet, und eine Bank stand davor, grüne, abgesplitterte Farbe, der Mittelpunkt des Dorfes.

Holger Grams, der Hundefänger, war ein Mann ohne Alter, der in Gedanken weit weg schien. Er war schmächtig und sah nicht aus, als verstünde er eine Mistgabel zu schwingen. Seine Hände hatten nie Feldarbeit getan. Er kannte den Grund ihres Besuches, Gabriele Christen oder Peter Bastian hatten ihn informiert, dass die Polizei wieder ihre Runden drehte.

»Ich wollte ihn nicht selbst behalten«, begann er, ohne eine Frage abzuwarten, »ich kann mit Tieren nichts anfangen. Ich bin kein Bauer.«

»Und warum leben Sie dann hier auf dem Land?«

»Ich bin Astronom und Astrologe.«

»Ach so«, sagte Zorn, »dürfen wir Ihr Haus sehen?«

»Sicher. Kommen Sie.«

In seinem Wohnzimmer stand ein kleiner Fernseher und ein einzelner Ohrensessel.

»Ich lebe allein«, sagte Grams, »und wenn ich Besuch

bekomme, gehen wir ins Arbeitszimmer. Hier entlang.«

Neben seinem Schlafzimmer fanden sie sein Arbeitszimmer mit deckenhohen Bücherregalen an den Wänden, einem alten Schreibtisch voller Karten, Mondkalender und Datenreihen, einer Sternkarte, Zeichnungen und Abbildungen. Und am Fenster, an dem keine Gardine und keine Topfpflanzen die Aussicht versperrten, ein riesiges schwarzes Teleskop, himmelwärts gerichtet.

»Die Nächte sind wunderbar hier draußen«, schwärmte er.

Zorn ging zum Fenster und suchte den grauen Novemberhimmel ab.

»Die Nächte, sagte ich.« Grams lächelte nachsichtig.

Sonja zog Zorn ungeduldig in den Flur. Die Treppe zum Dachboden war mit einem Brett versperrt.

»Ich war schon seit Jahren nicht mehr oben«, erklärte Grams, »ich habe die Möbel meiner Eltern hinaufgeschafft, ich konnte sie nicht wegwerfen. Sie haben sie ein Leben lang begleitet. Und da oben stören sie niemanden. Früher hat mein Bruder oben gewohnt. Er war der Bauer von uns beiden. Aber als er den Hof aufgegeben hat, zog er von hier weg.«

»Wann war das?«

»Im Sommer 1980.«

»Was hat er angebaut?«

»Mais. Futtermais. Sie wollen sicher trotzdem hinauf?«

»Ja«, sagte Sonja, »wir müssen.«

Zorn und Sonja fanden oben, was er gesagt hatte, und über allem Spinnweben und Staub, keine Antiquitäten, nur alte Sachen. Sie vertrieben eine Maus aus ihrem Paradies aus Holzspänen und Kleiderfetzen, und ein Vogel flatterte hastig aus der Dachluke. Das Tageslicht war nur ein fahler Strahl.

»Wir brauchen nicht jeden Winkel absuchen«, flüsterte Zorn dicht hinter ihr, dass sie seinen Atem spürte, »es ist alles in fester Hand der Spinnen. Ihre Netze sind unberührt.«

Große Netze glänzten regenbogenfarben im Dämmerlicht und die langen Beine ihrer Wächterinnen bebten vor Erwartung.

»Es ist schön hier oben.«

»Ja, schön gruselig«, sagte sie.

»Aber von Nebelfrauen keine Spur. Oder nehmen sie auch die Gestalt von Spinnen an?«

Sie fühlte seine Hand in ihrem Nacken.

»Ich habe nicht behauptet, dass sie sich auf Dachböden tummeln.«

»Stimmt. Wo sagten Sie noch, kauern Sie?«

Sonja schob ihn ohne zu antworten wieder die Treppe hinunter, ehe er sich heimisch zu fühlen beginnen konnte. Er würde schon sehen, was er davon hatte, sich auf ihre Kosten zu amüsieren.

Holger Grams wartete im Hof, war aber nicht neugierig zu hören, ob sie etwas gefunden hätten. Sonja zeigte Grams das Foto von Julia Kirschbauer.

»Es ist ihr Hund. Haben Sie sie hier gesehen? Abends, am 6. November oder an einem der darauf folgenden Tage?«

»Nein. Der 6. November war kein Tag für Himmelskundler, das weiß ich noch, es war viel zu neblig, wie oft im November. In dieser Nacht aber war er besonders dicht. Ich habe zuerst über meinen Büchern gesessen und dann vor dem Fernseher. Arbeits- und Wohnzimmerfenster zeigen zum Hof. Was auf der Straße passiert, kann ich von dort nicht sehen. Aber ich habe natürlich keine Zeugen dafür. Das ist ein Nachteil, wenn man allein lebt. Doch, ich könnte Ihnen sagen, was ich mir angeschaut habe, und Sie könnten es überprüfen, aber ich weiß es nicht mehr. Tut mir Leid. Es war nichts Bedeutendes, sicher nicht, sondern nur ein Zeitvertreib.«

»Gehen Sie nie in die *Krone*?«

»Nein. Ich bin kein sehr unterhaltsamer Mensch. Ich bin ein

Eigenbrötler geworden mit den Jahren. Und hier im Dorf ist bereits alles gesagt.«

Der Wirt dort drüben hat ein schweren Stand, dachte Sonja, wenn niemand hier auf ein Bier in seinen Gasthof kommt.

»Und wann haben Sie den Hund gefunden?«

»Am Samstagmorgen ganz früh.«

»Und wo?«

»Da drüben«, und er zeigte über die Dächer hinaus auf die Felder in die Richtung des nächsten Hügels.

»Er war allein?«

»Aber natürlich, sonst hätte ich ihn nicht mitgenommen. Ich habe ihn übrigens nicht wirklich *mitgenommen*. Er hat sich an meine Fersen geheftet. Er schien ziemlich verzweifelt, wenn man das von einem Hund sagen kann. Jedenfalls irrte er dort herum und war froh, dass ich mich seiner annahm.«

»Zeigen Sie uns die Stelle?«

Er führte sie an den Ortsrand auf einen schmalen Feldweg, blieb plötzlich stehen, zeigte mit dem Finger auf den Boden und sagte: »Hier, genau hier.«

Natürlich hätte er auch an jeder beliebigen Stelle stehen bleiben und »Hier, genau hier« sagen können, denn sie unterschied sich in nichts von allen anderen, war nur ein holpriges Stück Erde mit dünnem Grasbewuchs, keine Pfotenabdrücke, keine Fußspuren, keine platt getretenen Halme.

»Wie haben Sie sich die Stelle gemerkt?«

Und wieder lächelte er nachsichtig. »Ich kenne hier jeden Grashalm.«

»Und was haben Sie hier gemacht?«

»Einen Spaziergang«, sagte Grams, »aber das hilft Ihnen nicht weiter.«

»Nein.«

Sonja sammelte eine Handvoll kleiner Steine vom Feld auf, gelbe und dunkelbraune Kiesel, und legte sie auf die Stelle, die Holger Grams benannt hatte, dicht nebeneinander zu einem kleinen Steindreieck, dessen Spitze Richtung Hilzay zeigte.

»Ja. Gestern war auch ein Polizist hier, dem ich nicht weiterhelfen konnte. Es ging um eine andere Geschichte. Einen Unfall mit einem Traktor. Seltsam, welch ein heißes Pflaster unser kleines Hilzay offensichtlich geworden ist. Und ich habe wieder mal von allem nichts mitbekommen. Wenn ich mich mit den Sternen beschäftige, bin ich in einer anderen Welt, und alles hier unten ist so unwichtig. In tausend Jahren wird keiner mehr danach fragen, und was sind schon tausend Jahre?«

»Ich beneide Sie«, sagte Sonja und seufzte, »sagen sie das mal Bartmann.«

»Bartmann?«

»Mein Chef.«

»Ja«, sagte Holger Grams bedauernd, »es ist erstaunlich, wie selten Menschen nach oben schauen. Nur wenn sie Angst haben, etwas könnte auf sie hinabfallen, ansonsten gehen sie mit gesenktem Kopf durchs Leben ...«

* * *

Sie beschlossen, ihre Befragungen für heute abzubrechen und nach Trier zurückzukehren. Max brauchte endlich einen Arzt. Aber vorher sollte Bartmann noch kurz auf den neuesten Stand gebracht werden. Er war noch im Büro, er kannte keinen Dienstschluss. Und natürlich war er der Meinung, dass es keine Hunde gibt, die nicht bellen können. Er trat einen Schritt zurück, als Zorn ihm Max entgegenhielt, und rümpfte die Nase.

»Ich kann ihn mitnehmen zu den Kirschbauers, ich fahre sowieso nach Köln«, bot sich Zorn an, und Bartmann nickte erleichtert, froh beide loszuwerden, einen stummen Hund und die Kölner Konkurrenz.

»Oh nein«, ging Sonja dazwischen, »Max bleibt hier. Ich werde ihn gesund pflegen, und sobald er wieder einen Schritt vor den anderen setzen kann, werde ich ihn auf Julia Kirschbauers Fährte setzen.«

»Sie haben zu viel ferngesehen«, stöhnte Bartmann genervt, »Max ist nicht Kommissar Rex und Sie sind nicht ... jeder Hund unserer Polizeistaffel kann das besser. Geben Sie ihm Mantel und Handtasche, und er wird Ihnen die dazugehörige Frau postwendend liefern.«

»Ja schon, aber keiner ist so versessen darauf wie Max.«

Als Sonja ihm mitteilte, dass der Stand der Dinge der wäre, dass man vielleicht ein ganzes Dorf werde einsperren müssen, schlug er sich mit der flachen Hand an die Stirn: »Um Himmels Willen. Tun Sie mir das nicht an. Stellen Sie sich bloß den Wirbel vor. Sind Sie sicher?«

»Noch nicht, aber wenn es so ist, dann werden wir nicht darum herumkommen.«

»Vielleicht gibt es doch noch eine andere Lösung, Frau Senger. Sie arbeiten mit Bedacht?«

Er hatte vor lauter Entsetzen versäumt, sie Miss Marple zu nennen.

»Und was sagt die Spurensicherung zu dem Volvo?«, fragte Sonja ihn.

»Fingerabdrücke von allen dreien überall und Hundehaare, Hundespeichel. Aber keine Anzeichen von Gewalt. Es hat kein Kampf stattgefunden, jedenfalls nicht im Auto. Reste eines Blumenstraußes, zerdrückte blaue Blüten und abgerissene Blätter. Übrigens, Tim Müller will mit Ihnen reden.«

»Wo ist er?«

»Im Besprechungszimmer. Er wartet schon seit über drei Stunden auf Sie. Er wollte nur mit Ihnen sprechen. Ziemlich kindisch, wenn Sie mich fragen.«

Aber keiner fragte ihn.

Zorn folgte Sonja, immer noch Max auf dem Arm: »Das will

ich hören.«

Als Tim Müller Max sah, zuckte er zusammen. Sonja und Zorn schwiegen, und Tim Müller brauchte eine Weile, stets mit einem Auge auf Max, ehe er begann.

»Sie haben Julia Kirschbauer gefunden?«

»Nein, nur ihren Hund.«

»Dann waren Sie auch bei den Bastians?«

»Natürlich.«

»Sie haben die Tasche und den Mantel?«

»Natürlich und den Blumenstrauß.«

»Ach, Scheiße, Sie machen es mir nicht leicht.«

»Warum sollten wir auch«, sagte Zorn.

»Sabine hat gesagt, ich soll Ihnen alles sagen. Und es ist ja jetzt doch alles egal, und Sie finden es ja sowieso heraus.«

»Stimmt.«

»Die Autorin, ich meine Julia Kirschbauer, also, sie war noch in dem Auto drin, als wir es fanden«, sagte er leise, »sie saß so still da drin, ohne sich zu rühren, dass wir es erst gar nicht gemerkt haben. Kein Licht drinnen. Aber dann hat der Frank sie entdeckt.«

»Und?«

»Sie ist freiwillig ausgestiegen. Ehrlich. Er hat ihr gesagt, dass sie so nicht weiterfahren könnte, dass ihr Auto hinüber wäre. Und irgendwie hat sie ihm wohl geglaubt und ist ausgestiegen, und er«, er zeigte auf Max, »er auch.«

»Und dann?«

»Wir wollten doch bloß das Auto haben. Sonst nichts. Wir wollten doch bloß, dass sie abhaut.«

»Wohin ist sie gelaufen?«

»Nach Hilzay, wohin sonst? Sonst ist da ja nichts in der Nähe. Wir standen ja auch fast direkt an der Wegbiegung nach Hilzay. Warum sie dort nicht angekommen ist, das wissen wir natürlich auch nicht. Und das ist auch echt Scheiße.«

»Stimmt. Ihr könnt von Glück reden, wenn ihr nichts passiert ist«, sagte Zorn wütend. »Deine Mutter sagt übrigens, du hast keinen Opa mehr.«

»Na und?«

»Von wem also war dann der Traktor?«

»Ach, den haben wir uns von Helmut Christen geliehen.«

»Geliehen? Wusste er davon?«

»Nein. Der Traktor steht seit Jahren auf dem Feld herum. Niemand kümmert es, ob wir ab und zu damit fahren. Helmut Christen weiß wahrscheinlich gar nicht mehr, dass er einen hat.«

»Wann erzählst du uns eigentlich alles?«, fragte Sonja.

»Das *ist* alles. Ehrlich.« Tim war entrüstet. »Kann ich jetzt gehen?«

»Wie kommst du denn darauf?«

»Weil ich Ihnen doch alles gesagt habe.«

»Nein, nein. Du bleibst hier. Und die anderen beiden holen wir uns jetzt auch. Bis jetzt war es nur Diebstahl und Geschwindigkeitsüberschreitung. Aber ab jetzt kommen Behinderung der Justiz, Nötigung und billigende Inkaufnahme einer lebensgefährdenden Situation hinzu ... das heißt U-Haft.«

Tim zeigte Verständnislosigkeit, aber er protestierte nicht mehr.

* * *

Zu Hause verweigerte Max Wasser und Futter, und Zorn legte das zitternde Bündel behutsam aufs Bett und deckte den Hund zu. Er rührte sich nicht. Balzac schob Wache an seinem Lager, hypnotisierte ihn mit seinen gelben Augen und wartete, dass er wach würde, um ihn zu begrüßen oder zu bekämpfen, das würde er dann entscheiden. Zorn suchte die Telefonnummer eines Tierarztes heraus und diskutierte mit ihm herum.

»Sie machen keine Hausbesuche? Wetten, dass Sie gleich

einen machen werden? Sie sprechen mit der Kripo, der Hund ist todkrank und nicht transportfähig und ein wichtiger Zeuge, und wenn Sie nicht in fünf Minuten hier sind, hol' ich Sie ab, mit Blaulicht und Sirene, und buchte Sie ein wegen Vereitelung der Ermittlungen, also los.«

Er rieb sich zufrieden die Hände. Sonja lief unruhig auf und ab. Er hielt sie an auf ihrem Gang kreuz und quer durch Flur und Küche, legte seine Hände auf ihre Schultern, sah sie ernst an.

»Wir müssen Lennartz unbedingt fragen, ob er damals vielleicht Julia gegenüber auch das Dorf Hilzay erwähnt hat«, überlegte Sonja.

»Wenn es überhaupt Julia war, die ihn angerufen hat.«

»Doch bestimmt. Ich bin sicher.«

»Dann rufen Sie an. Ich besorge uns erst einmal was zu essen.«

Und schon stürmte er zur Haustür.

Sonja wählte ein paar Mal Lennartz' Nummer im Präsidium und dann seine Handy-Nummer, aber er war nicht zu erreichen.

Wenig später stand der Tierarzt vor der Tür. Als er den leblosen Max sah, schreckte er zurück. Auf seiner hellen Cordhose waren ein paar Blutspuren und er roch nach Pferdemist.

»Das ist Ihr Zeuge?«

»Ja, Sie müssen ihn fit spritzen, ich brauche ihn. Klappt das bis morgen?«

»Niemals«, sagte er, klopfte und tastete und horchte an ihm herum und sagte dann wieder: »Niemals.«

Aber dann jagte er ein paar Spritzen mit Penicillin, Vitaminen und hoffentlich auch Amphetaminen in seine zitternden Schenkel.

»Er ist nicht gerade der typische Spürhund.«

»Wieso nicht?«, verteidigte Sonja ihn.

»Sehen so Spürhunde aus? Aber Sie werden schon wissen, was Sie tun.«

Er wollte Zweihundert haben für den Rat.

»Die kriegen Sie, wenn er morgen laufen kann.«

»Hören Sie, ich arbeite nicht auf Erfolgsbasis.«

»Ich schon«, sagte Sonja, aber dass er hier mit der Kripo sprach, selbst wenn die Kripo hier nur eine völlig übermüdete Frau war, schien ihn zu beeindrucken, und er machte sich davon.

Zorn kam zurück, mit drei Pizzakartons, die er vor sich hertrug, als Sonja schon im Halbschlaf war.

»Ich wusste nicht, welche sie mögen«, sagte er, fegte die Tischdecke weg und breitete alle Sorten auf dem Küchentisch aus, Balzac dankte es ihm.

»Vegetarisch, Krabben und Thunfisch.«

Sie hatten schweigend das letzte Viertel verdrückt, leckten noch die Finger ab, als er fragte: »War der Tierarzt hier?«, und Sonja nickte mit vollem Mund.

»Haben Sie Lennartz erreicht?«

Sonja schüttelte den Kopf: »Ich versuch es morgen früh noch mal.«

Zorn beobachtete sie nachdenklich. Dann kam er um den Tisch herum, hockte sich vor sie und nahm ihre beiden Hände in seine.

»Erzählen Sie mir *Maar der Toten*?«, fragte sie, ehe er etwas anderes sagen konnte.

»Ja. Aber es ist spät und die Geschichte ist lang«, sagte er und sah sie fragend an.

»Sie könnten bleiben«, hörte sie sich verlegen murmeln, »der Geschichte wegen, meine ich.«

»Ja, natürlich, der Geschichte wegen«, sagte er ganz ernsthaft.

Er sah ihr zu, wie sie das Sofa in ein Bett zu verwandeln suchte, und half ihr nicht, schloss nur leise die Türen, zur Küche und zum Flur, und löschte alle Lampen, wie ein sorgsamer Burgherr.

14. Kapitel

Es blieb für den Samstagmorgen der Vierte im Bunde, der ganz nahe an der Kirche wohnte und den schönsten Hof hatte, einen Neubau, mit einem gepflegten Vorgarten, in dem jetzt nichts blühte, das Haus frisch und weiß gestrichen, der Gartenzaun dunkel lasiert. An der Eingangstür hing schon ein Weihnachtskranz mit einer dunkelblauen Schleife und goldenen Sternen und einem dunkelblauen Nikolaus darin, der ausgesprochen dämlich grinste.

Und das Wirtshaus.

Sonja und Zorn einigten sich auf getrennte Wege. Zorn meinte, ein Wirtshaus sei genau das Richtige für ihn, er sei geradezu prädestiniert dafür, Wirtshäuser zu durchsuchen. Aber sie schickte ihn in das Nikolaus-Haus.

»Lass mir ein Gläschen übrig«, meinte er im Gehen, die Hände in den Hosentaschen.

Sonja machte einen kleinen Schlenker über den alten Friedhof. Verwitterte Steine mit unlesbarer Schrift standen schief in der Nähe des Turmes, waren grün von Moos und Pilzen, leere, zersprungene Marmeladengläser standen davor, aufgegebene Gräber. Bis auf eines. Ein heller, sauberer Stein auf einem schmalen Grab, mit Fichtenzweigen abgedeckt, einer Kerze, die in einem kleinen gläsernen Kasten brannte, frischen, hellroten Rosen in einer grünen Plastikvase.

Toni
1962 – 1980
Sie war alles für uns

Sonja fror. Achtzehn Jahre waren zu wenig Jahre für ein ganzes Leben. Der frühe Tod der Tochter von Helmut und Gabriele Christen lag schon fast zwanzig Jahre zurück, aber die Eltern schienen betroffen wie am ersten Tag. Unmöglich, dass sie sich weigerten ihn zu verarbeiten, wenn es ein natürlicher Tod gewesen war. Dieses endlose Leiden der Angehörigen gibt es gewöhnlich nur bei gewaltsam beendetem Leben.

Sonja sah sich um, Zorn war schon im Neubau verschwunden, sie war allein, zog das Handy aus der Manteltasche und rief Lennartz an. Sie fühlte sich beobachtet, irgendjemand sah ihr zu, wie sie vor einem Grab stand und telefonierte. Dieses Mal hatte sie Glück, er meldete sich sofort.

»Lennartz? Ich bin's. Weißt du noch, als wir am Montag in der Kantine saßen, hast du von dieser Schriftstellerin gesprochen? Du sagtest, du hättest ihr ein paar Orte genannt, in denen Kriminalfälle passiert wären.«

»Ja. Das stimmt. Aber ich weiß doch gar nicht, ob es die ist, die ihr sucht.«

»Egal. Hast du vielleicht unter anderem auch Hilzay erwähnt?«

»Möglich.«

»Warum?«

»Na, weil dort vor vielen Jahren eine Brandsache war. Lange vor deiner Zeit.«

»Was ist denn damals genau passiert?«

»Wenn du es ganz genau wissen willst, muss ich nachsehen. Es muss Tote gegeben haben. Sonst wäre der Fall nicht bei mir gelandet.«

»Hieß eine von ihnen vielleicht Toni Christen?«

»Keine Ahnung. Wie soll ich das jetzt noch wissen? Aber ich ruf dich zurück.«

»Ja, bitte.«

Das Handy fiel auf den Boden, als sie es in die Manteltasche zurückstecken wollte. Sie bückte sich, wischte flüchtig ein paar Grashalme ab und sah sich um. Dann verließ sie das Gelände um die kleine Kirche und machte sich auf den Weg zum Gasthof.

Der Wirt in der *Krone* war eine Frau. Sie stand allein hinter der Theke und hörte Sonja nicht kommen, sah sie erst, als sie vor ihr stand, und erschrak ein bisschen, nur ein Zucken. Aber dann sagte sie ganz lässig: »Also doch. Ich habe Sie erwartet.«

Ihre Stimme war unerwartet hart und blechern. Sie gab Sonja nicht die Hand, sondern spülte weiter Gläser, mit großer Sorgfalt. Als sie damit nicht aufhörte, fiel Sonja auf, dass es immer dasselbe Glas war, das sie anhauchte, trocknete, ins Licht hielt und wieder ins Wasser tauchte. Sie stellte sich als Joanna vor, sah kurz hoch, mit einem Lächeln in den großen hellbraunen Augen, in denen kleine, grüne Flecken blinkten. Im Hintergrund liefen die Dire Straits und *Brothers in Arms*.

»Joanna ist mein Künstlername, eigentlich heiße ich Marianne Kierdorf, aber für Sie bin ich Joanna«, fügte sie hinzu. Mit ihrer Lederweste, den weiten Ärmeln des weißen Hemdes darunter und der übergroßen, blitzenden Schnalle am Gürtel der engen Hose war sie ganz die Rockerlady, die sie offensichtlich sein wollte. Die dunkelbraunen, krausen Haare waren eine dichte Wolke, mit einer Reihe heller Strähnen, die sie von Zeit zu Zeit zurückwarf. Vielleicht gerade vierzig, groß und ohne Hüften. Für eine Taille wie die ihre könnte ich einen Mord begehen, dachte Sonja, erinnerte sich dunkel an die vielen Diäten, die sie versucht hatte, aber sie hatte nur zu- und abgenommen wie der Mond, in steter Gleichmäßigkeit, blieb solide gebaut, wie aus einer Zeit, als die Frauen noch Pflüge zogen.

Der Gasthof war nicht rustikal, wie man es von einem Eifelgasthof erwarten würde, sondern viel zu flippig und schrill für die Gegend. Gespenstisch bizarre Dalís an den Wänden, dunkelgraue Seide auf den Tischen, Spiegel, schwarze Lamellenrollos vor den Fenstern, silbern glänzende Halogenbogen. Weiß-schwarze Fliesen lagen im Rautenmuster. Schwarze Bistro-Stühle, eine gläserne Theke mit viel

Chrom, einer Espresso-Maschine und einer gut gefüllten Bar. Auf den Tischen lagen lange, schlanke Speisekarten in Acryl. Ein Flipper und ein paar andere Spielautomaten standen an den Wänden und gaben seltsame Geräusche von sich, blinkten einladend, daneben eine nostalgische Musikbox mit Singles aus vergangenen Zeiten. Nicht der typische Kneipenduft nach kaltem Nikotin und abgestandenem Bier, den man erwartet, wenn man eine Wirtshaustür am Tage öffnet, hüllte den Gast ein, sondern der beißende Geruch nach Putzmittel, Ammoniak, Politur und Essig. Alles glänzte und schimmerte im bläulichen Licht des Halogens. Nirgendwo Asche oder Glasränder, keine Krümel oder Fußspuren auf dem Boden. Die Stühle standen im exakten Winkel um die Tische herum, nicht einer war achtlos beiseite geschoben. Ein Museum. Berühren verboten.

Sonja sah sich lange um, ehe sie einen Stuhl hervorzog und sich setzte, sie fühlte sich unbehaglich, aber Joanna strahlte über die Beachtung, die ihr Gasthof fand. Sie schenkte Wein ein und brachte ihn an den Tisch, einen weißen, trockenen Mosel-Saar-Ruwer. Auf Kosten des Hauses, wie sie sagte, keine Bestechung, nur ein Willkommensgruß. Sonja sollte ihn sich schmecken lassen, ihre Hausmarke.

»Gibt es einen Pfarrer in der verschlossenen Kirche da draußen?«, begann Sonja das Gespräch, während Joanna zurück hinter die Theke ging.

»Ja, in Gilzem, er kommt alle vier Wochen und liest hier die Messe.«

»Nur einmal im Monat Messe? Reicht denn das für das Seelenheil?«

»Die, die es nötig haben, gehen an den anderen Sonntagen nach Gilzem.«

»Es gibt nicht einmal einen Tante Emma-Laden hier, wo kauft man ein?«

»Es gibt einen rollenden Supermarkt, einmal die Woche,

der von Dorf zu Dorf zieht.«

Joanna schien ein Großstadtleben nicht zu vermissen, denn es war kein Bedauern in ihren Antworten, und keine Beschwerde. Und Sonja dachte, dass sie sich dieses Leben hier ausgesucht haben musste, ganz bewusst. Dass es das Leben war, das sie führen wollte, aus einem ganz bestimmten Grund. Die nächste Frage war, wovon sie denn hier leben würde, wenn nicht von dieser Handvoll Bauern, die mit den Hühnern ins Bett gingen, und die allesamt keine Kneipengänger waren.

»Touristen, Sommerfrischler, Wintersportler, Wanderer«, zählte sie auf, »wenn sie sich hierher verirren. Und natürlich die Hilzayer selbst.«

»Aber ich komme gerade von ihren Nachbarn, den beiden Christens, der Familie Bastian und Holger Grams, und sie haben mir alle versichert, dass sie nie einen Fuß in die *Krone* setzen.«

»Ja, ja«, winkte Joanna ab, »das ist typisch für sie. Das hätte ich mir denken können. Wahrscheinlich wollten sie nur gut dastehen vor der Polizei. Aber glauben Sie mir, die können alle was vertragen. Und nicht zu knapp.«

»Es ist kein Verbrechen in eine Kneipe zu gehen, soweit ich weiß«, gab Sonja zu Bedenken.

Aber Joanna ließ sich nicht beirren und fuhr fort: »Aber auch die Bewohner der umliegenden Dörfer kommen, ich kann nicht klagen. Es hat sich mit der Zeit herumgesprochen. Ganz im Gegensatz zu früher. Ich hatte eine Kneipe in Aachen, mitten in der Stadt, mit anderem Namen, aber dem gleichen Interieur. Aber die Konkurrenz war zu groß. Und da dachte ich, wenn ich irgendwo auf dem Land die einzige wäre weit und breit, dann könnte ich gut leben. Und so bin ich zurückgekehrt.«

»Sie sind von hier?«

»Ja, ich bin hier geboren. Ich verbrachte Kindheit und

Jugend hier, mehr schlecht als recht, und als ich achtzehn war, bin ich auf und davon. Damals war ich mir sicher, das Glück wartet in der großen Stadt.«

»In welchem der Häuser hier haben Sie gewohnt?«, fragte Sonja.

»Nebenan, da, wo jetzt der Neubau steht«, sagte sie.

»Da stand Ihr Elternhaus? Haben Sie es abgerissen?«

»Nein. Es ist in einer Nacht abgebrannt, als meine Eltern schliefen. Ich kam von einer Party im Nachbardorf zurück und fand nur noch Ruinen, Rauch und Asche. Die Feuerwehr war da, und alle Nachbarn haben geholfen, aber es war zu spät.«

»Und Ihre Eltern?«

»Jede Hilfe kam zu spät. Es war entsetzlich. Danach bin ich weggezogen von hier. Ich hatte alles verloren, was ich besaß.«

»Wann war das?«

»Der Brand?«

»Ja, natürlich. Der Brand. Was sonst?«

»Das war 1980.«

»1980 ist auch Toni Christen gestorben.«

»Ja? Ist sie das?«

»Es steht auf ihrem Grabstein. Wussten Sie das nicht?«

»Doch ja, jetzt erinnere ich mich. Aber sie ist nicht in den Flammen gestorben. Sie starb an Herzversagen oder so. Monate danach.«

Herzversagen, dachte Sonja, das sagen die Ärzte immer, wenn sie nicht wissen, was zum Tode geführt hat.

»Das Feuer hatte in der Scheune begonnen«, fuhr Joanna unbeirrt fort, »und sich ausgebreitet bis zum Wohnhaus. Wenn eine Scheune Feuer fängt, dann ist alles zu spät.«

»Leben Sie ganz allein hier?«, fragte Sonja.

Joanna sah irritiert hoch: »Nein. Ist das ein Verhör?«

»Vielleicht. Also?«

»Ich habe eine Tochter.«

Sonja wartete, ob Joanna jetzt von ihr erzählen würde. Aber Joanna schwieg.

»Und auch einen Mann?«

»Ist das ein Verhör?«, fragte sie schon wieder. »Meine Ehe ist gescheitert. Auch das war ein Grund für mich, Aachen wieder zu verlassen. Ich habe jetzt zwar eine neue Beziehung. Ben, er wohnt in Trier, aber ich werde nie wieder heiraten, bestimmt nicht. Ich mache keinen Fehler zweimal. Und ich habe meinen Gasthof, der mir ... alles ... bedeutet.«

»Und Sie haben Ihre Tochter«, erinnerte Sonja sie.

»Ja, sicher, Bettina«, ergänzte sie zögernd, und es sah aus, als käme die Erinnerung an Bettina von weit her. Immer wieder wischte sie die Theke, auf der kein Tropfen mehr war oder nie gewesen war.

»Und die Hilzayer, was sagen sie denn zu so einem ... mondänen Club und so einer Wirtin? Ich nehme an, das hier war vorher ein ganz normaler Gasthof.«

Sie lächelte geschmeichelt, bedankte sich mit einer kleinen Verbeugung und warf die Haare zurück.

»Ja, das war er. Ein ganz normaler Eifelgasthof wie viele andere. Inzwischen haben sie sich dran gewöhnt. Es hat eine Weile gedauert. Natürlich waren sie erst entsetzt. Aber ich weiß sie zu nehmen, ich bin die Tochter eines Wirts, ich verstehe mein Geschäft.«

»Wohin sollen sie auch sonst gehen?«

»Sehr richtig, es gibt keine Alternative zur *Krone*.«

Sie kam endlich hinter der Theke hervor und setzte sich zu Sonja an einen der leeren Tische, und so in ihrer Nähe atmete Sonja ihr schweres, bitteres Parfüm.

»Aber jetzt ist es leer hier«, sagte Sonja.

»Mittags gibt es hier selten Gäste. Aber ich habe trotzdem geöffnet. Es gibt genug zu tun. Ich bin hier, zum Aufräumen, Gläser Spülen, Putzen, Fegen ... Sie glauben nicht, wie schnell ein Gasthof verkommt, wenn man nicht darauf achtet. Nur wenn ich Bettina von der Schule in Trier abhole, dann schließe ich für eine halbe Stunde. Aber zu Ihnen. Sie sind Kommissarin?«

»Ja, Hauptkommissarin, aber das ›Haupt‹ macht eigentlich nur Ärger.«

»Wie können Sie das sagen? Eine ungewöhnliche Karriere für eine Frau.«

Sonja zuckte mit den Schultern, nicht ungewöhnlich, fand sie, unmöglich schon eher.

»Man muss nur doppelt so gut sein wie die Männer, um am Ende mit der Hälfte zufrieden zu sein. Das ist die Kunst.«

Ein alter Hut, aber Joanna nahm den Faden begeistert auf.

»Ich bewundere Sie, und ich traue es Ihnen zu, doppelt so gut zu sein. Und das ist genau das, was ich auch will.«

»Na ja«, Sonja zögerte, »halb so wild. Viele sind der Meinung, dass ich die Sache der Frauen verrate. Frauen sollten Floristinnen, Lehrerinnen und Verkäuferinnen sein und sich nicht mit Hass, Gier und anderen Obsessionen befassen.«

»... oder mit betrunkenen Randalierern«, vollendete Joanna den Satz und lächelte Sonja zu, als gäbe es eine Seelenverwandtschaft zwischen ihnen, die sie gerade entdeckte und von der Sonja noch nichts ahnte.

»Aber Frauen wie wir«, sie nahm Sonja auf in den Kreis der Auserwählten, »wir sind wie geschaffen dafür, nicht wahr?«

Dann erzählte sie von ihrem Leben hier, tat es auf unwiderstehliche Art, und alles schien ganz normal und selbstverständlich. Sie hatte keine Mühe, die Widersprüchlichkeiten dieser kleinen Welt hier auszumalen, pries die frische Luft und die weite Landschaft, die es lohnenswert machte, es mit den Eiflern aufzunehmen. Sie holte neuen Wein und schenkte nach.

»Und letzte Woche Freitag?«, fragte Sonja, erinnerte sie an den Grund ihres Besuchs, »nachts gegen elf Uhr?

»War ich selbstverständlich auch hier.«

»Gibt es Zeugen?«

»Ja, es waren Gäste hier, wie jeden Abend. Es sind immer die gleichen. Ich kann Ihnen Namen und Anschriften geben, wenn sie möchten.«

»Und die Hilzayer?«

»Ja, natürlich, auch die Hilzayer waren hier.«

»Alle?«

»Ja.«

Und als Sonja sie fragend ansah, fuhr sie fort: »Sie waren tatsächlich hier, auch wenn sie das Gegenteil behaupten.«

»Warum machen sie nur ein Geheimnis daraus?«

»Das weiß ich auch nicht. Fragen Sie sie. Aber Sie werden keine Antwort bekommen, das kann ich Ihnen jetzt schon sagen.«

»Und was geschah an diesem Abend?«

Joanna zögerte, als suchte sie nach Worten.

»Hier passiert nicht viel. Es gibt nicht viel, das man vergessen kann.«

»Das ist keine Antwort«, sagte Sonja.

»Doch. Das ist es. Was werden Sie denn jetzt als nächstes tun?«, lenkte Joanna ab und wischte mit dem Daumen Spuren ihres Lippenstiftes vom Glasrand.

»Wenn mein Kollege in Ihrem Haus auch keine Spur findet«, begann Sonja, »dann werden wir uns in der näheren Umgebung umsehen müssen. Julia Kirschbauer kann eigentlich nicht weit sein. Ihr Hund war hier.«

»Welch mühsames Geschäft. Wo wollen Sie beginnen?«

»Wir werden Hilzay systematisch einkreisen. Keine Sorge. Wir sind Profis. Auch wir verstehen unser Geschäft.«

»Na, dann machen Sie mal«, und Joanna prostete ihr zu und tat sorglos, »wir gewöhnen uns langsam an die Polizei in unserem Dorf. Gestern, heute, und so wie es aussieht, werden Sie wiederkommen. Wir werden noch berühmt.«

»Ja, gestern, das war mein Kollege Lennartz. Er sucht einen Traktorfahrer, der einen Menschen überrollt hat.«

»Ekelhaft, allein die Vorstellung«, sagte Joanna und verzog das Gesicht.

»Ja. Er muss furchtbar ausgesehen haben, danach. Wer könnte so etwas tun?«

»Das hat Ihr Kollege auch gefragt. Ich weiß nur, dass Helmut Christen der Einzige hier ist, der noch einen Traktor hat.«

»Ja, er erwähnte den Traktor.«

»Aber er ist viel zu krank, um so etwas zu machen.« Und nach einem kurzen Zögern ergänzte sie fast beiläufig: »Allein, meine ich.«

Die Frage, wer Helmut Christen hätte behilflich sein können, stand offen im Raum. Aber Joanna steuerte unbeirrt weiter das Ziel an, das sie vor Augen hatte.

»Es fällt tatsächlich schwer, sich vorzustellen, wer auf so eine Idee verfällt. Aber hier passieren manchmal Dinge, die man nicht verstehen kann, glauben Sie mir. Vielleicht war ich einfach zu lange weg von hier. Einerseits ist es hier idyllisch und friedlich und andererseits hat man ständig das Gefühl, dass irgendetwas Bedrohliches passieren könnte. Eine trügerische Ruhe.«

»Wie meinen Sie das?«

»Ich meine, dass die Eifelbauern manchmal Dinge aus den merkwürdigsten Gründen tun. Aus heiterem Himmel. Sie leben in einer ganz anderen Welt.«

Nein, die ganz andere Welt ist hier in der *Krone,* dachte Sonja und schloss einen Moment die Augen. Die Dire Straits spielten immer noch *Brothers in Arms*, sie kreisten sie ein. Eine künstlich geschaffene Welt. Als gäbe es zwischen drinnen und draußen keine Verbindung. Ein Insel, die niemand betreten will oder soll.

Joanna nahm einen langen Schluck und fuhr fort: »Sie sind

stolz, die Eifler. Wissen Sie, sie sind in der Vergangenheit oft gekränkt und verletzt worden als Hinterwäldler aus der Armenregion Deutschlands. Und obendrein sind sie Betonköpfe. Wenn die sich etwas in den Kopf gesetzt haben, dann ziehen sie es auch durch.«

»Und Sie? Gehören Sie nicht dazu?«

»Nein, nein«, lachte sie und warf die Haare zurück, »ich nicht. Ich bin kein Bauer und kein wirklicher Eifler, ich war viel zu lange in der Stadt.«

Plötzlich beugte sie sich vor und ihr Gesicht war ganz nah. Sie hatte eine Menge dunkelrote Äderchen auf Wangen und Nase.

»Ganz im Vertrauen. Es gibt einen Brief«, flüsterte sie, als beginge sie Verrat, »einen Brief von Julia Kirschbauer.«

Sonja traute ihren Ohren nicht.

»Warten Sie, ich hole ihn«, Joanna ließ sie zurück und kam nach wenigen Minuten mit einem gefalteten Blatt zurück. »Lesen Sie ruhig.«

Es war ein vom 29. September datierter Brief, der Absender war Julia Kirschbauer, der Adressat Marianne Kierdorf.

Sonja begann leise murmelnd zu lesen.

Sehr geehrte Frau Kierdorf,

Sie werden sich über meinen Brief wundern, aber ich bin Krimi-Autorin und auf der Suche nach neuem Romanstoff auf den Hinweis gestoßen, dass sich in Hilzay vor vielen Jahren eine Katastrophe abgespielt haben muss. Ich wäre Ihnen sehr dankbar, wenn ich Sie besuchen dürfte, um mit Ihnen und vielleicht auch Ihren Nachbarn über den Fall zu sprechen. Bitte rufen Sie mich an. Mit freundlichen Grüßen ...

»Woher kennt Sie Ihren Namen?«, fragte Sonja mit belegter Stimme.

»Aus dem Telefonbuch?«

»Und, haben Sie ihr geantwortet?«

»Nein, natürlich nicht. Ich habe für so was keine Zeit und keinen Sinn. Aber ich habe eine Kopie gemacht für jeden hier im Dorf, für Christens, Bastians und Holger Grams.«

»Und?«

»Es wird ihnen kaum recht sein, ihre Vergangenheit zwischen zwei Buchdeckeln zu finden, nicht wahr? Das will wohl niemand, selbst wenn er nichts zu verbergen hat. Ich wollte, dass sie es wissen.«

Sonja faltete den Brief wieder zusammen und wollte ihn einstecken, als Joanna ihn aus ihren Händen riss: »Und außerdem, sie war hier.«

»Aber«, rief Sonja und sprang auf, ihr Stuhl kippte um und fiel krachend auf den Steinboden. »Was erzählen Sie mir da die ganze Zeit? Sie wissen genau, dass ich deswegen hier bin, oder?«

Joanna bückte sich und hob den Stuhl wieder auf, stellte ihn sorgsam an seinen Platz und setzte sich wieder.

»Schon, aber was erwarten Sie von mir, dass ich meine Nachbarn verrate?«

»Ja. Genau das erwarte ich, wenn es die Wahrheit ist.«

Joanna zog Sonja am Ärmel wieder herunter auf den Stuhl, legte eine Hand auf ihre und sagte leise: »Bitte! Beruhigen Sie sich doch!«

»Warum flüstern Sie? Wir sind allein hier! Julia Kirschbauer war wirklich hier? Und?«

»Und, und! Was wohl?« Joanna war plötzlich ungehalten. »Die Hilzayer haben sich ihrer angenommen.«

»Und was soll das wieder heißen?«

»Sie haben ihr ein Zimmer für die Nacht angeboten.«

»Wer?«

»Was weiß ich!«

Und auf Sonjas wütenden Blick fuhr sie fort: »Sie sind alle zusammen gegangen, als ich Feierabend machen wollte.

Peter Bastian sagte mir, dass sie bei einem von ihnen schlafen würde. Ich glaube, er sagte bei den Christens. Und er sagte, glaube ich, dass sie sie am nächsten Morgen zum Bahnhof bringen würden. Dann sind sie gegangen.«

»Und damit war das Thema für Sie erledigt?«

»Ja. Natürlich.«

Als Zorn auftauchte, glühten Sonjas Wangen. Es war die Wut und der Wein. Joanna hatte die schnellen und langen Züge einer Trinkerin. Sonja hatte mitgehalten, und als sie merkte, dass sie einen ausgewachsenen Schwips hatte, da war es schon zu spät. Auch Zorn war über das Innenleben der *Krone* und ihre Wirtin überrascht.

»Toller Schuppen, und ich liebe die Dire Straits.«

Er konnte nicht wissen, dass sie schon seit einer Stunde *Brothers in Arms* singen mussten. Seine Augen blieben lange auf den düsteren Dalís hängen, und Joanna quittierte sein Interesse mit stolzem Blick. Dann setzte er sich neben Sonja und probierte ihren Wein.

»Ein feiner Tropfen«, sagte er.

Joanna ging hinter die Theke, holte neuen Wein und ein Glas für Zorn. Sie entkorkte die Flasche mit geübtem Griff und kam zurück an den Tisch. Als sie ihm einschenken wollte, legte Sonja die Hand über das Glas und sagte: »Dafür haben wir keine Zeit.«

»Du bist eine Spielverderberin«, murrte er, »hast du schon alles durchsucht?«

»Durchsucht?«, fragte Joanna lachend dazwischen, »Sie wollten meinen Gasthof durchsuchen? Warum haben Sie das nicht gesagt? Kommen Sie, ich zeige Ihnen alles. Ich habe nichts zu verbergen.«

Und schon stand sie auf, war plötzlich in Eile, als hätte sie die ganze Zeit darauf gewartet. Sie winkte Sonja und Zorn, ihr zu folgen und führte sie durch die Pendeltür in die Küche. Bis hierhin war Joanna mit ihren Renovierungsarbeiten nicht gekommen, eine Wirtshausküche vom alten Schlag, abgestandener Fettgeruch, Alkoholdunst, wenig appetitlich, eklig. Ein altes, schwarzes Telefon mit abgegriffener Wählscheibe hing an der Wand. Eine weitere Tür führte in ein Hinterzimmer ohne Fenster, mit einem speckigen Sofa auf Holzbeinen und einem wackligen Tisch. Die Lampe darüber schien auf klebrigen Dreck, Krümel und verendete Insekten. Kein Tageslicht. Es war ein sehr großer Raum. Es stank nach Schimmel und Fäulnis, ein feuchter modriger Geruch. Zorn hielt sich die Nase zu. Sonjas Gesicht wurde blass, er nahm ihre Hand und zog sie an sich.

»Ich muss mich für die Küche und das Hinterzimmer wohl entschuldigen«, sagte Joanna, »aber sie sind noch so, wie ich sie vorgefunden habe. Nach all den Jahren. Es gibt keine Heizung hier und kein Fenster zum Lüften. Nur diese Tür.« Sie zeigte auf eine schwere Eisentür, die zum Hof führte. »Und ich bin einfach noch nicht dazu gekommen, sie zu renovieren. Sonst kommt ja auch niemand hierhin. Was müssen Sie jetzt von mir denken?«

»Wir denken nichts«, sagte Sonja und dachte ans Gewerbeaufsichtsamt.

»Die Getränke lagern unten im Keller. Sehr steile Stufen. Vorsicht. Eine halsbrecherische Angelegenheit«, erklärte Joanna. Sonja winkte ab, nach einer Kletterpartie war ihr nicht zumute, aber Zorn wollte den Keller sehen und hangelte sich am Holzgeländer in die Tiefe. Sonja wartete oben, sie wollte die Eisentür öffnen, aber sie war verschlossen. Joanna zog einen Schlüssel aus der Hosentasche und schloss auf, schob die Tür auf und gab den Blick frei in den Hof hinaus über leere Getränkekästen und Fässer in die leere Weite des Bitburger Gutlandes. Ein Feldweg verschwand hinter einem Hügel. Sonja hatte das Gefühl, dass alles vor ihren Augen verschwamm.

»Oben habe ich zwei Gästezimmer, wollen Sie die auch sehen?«

»Natürlich«, sagte Zorn und stand plötzlich wieder neben Sonja. Er schüttelte den Kopf und zeigte in den Keller.

Sie folgten Joanna zurück in die Gaststube, über einen engen Flur die Holztreppe hinauf. Joanna öffnete bereitwillig alle Türen und Schubläden, hob Decken hoch, öffnete Truhen und Kommoden, schob Vorhänge beiseite, aber nichts wies Spuren auf, nichts. Und sie machte ein durchaus zufriedenes Gesicht, obwohl niemand dem Gasthof auch nur den winzigsten Stern zuerkannt hätte.

»Julia Kirschbauer hätte auch hier schlafen können«, sagte Sonja, als Joanna die Tür des zweiten Gästezimmers wieder schloss.

»Ja, aber die Christens konnten es gar nicht abwarten, sie mit zu sich zu nehmen. Was sollte ich tun?«

»Also waren es doch die Christens?«

»Oder die Bastians, ich bin nicht sicher. Grams war es nicht.«

Zorn, der nicht auf dem neuesten Stand der Dinge war, sah erstaunt von Sonja zu Joanna und zog die Augenbrauen hoch.

»Sie dürfen mich nicht falsch verstehen«, erklärte Joanna, »Sie haben mich gefragt, und ich habe ihnen erzählt, was ich weiß.«

»Danke. Das wissen wir auch zu schätzen, besonders weil alle anderen hier sehr schweigsam sind«, sagte Sonja.

»Das kann ich mir als Wirtin nicht leisten«, lächelte Joanna, und nach einigem Zögern fügte sie hinzu: »Ich wäre Ihnen dankbar, wenn Sie meine Vermutungen nicht ...«

»Nein, natürlich nicht. Wir werden alles für uns behalten, keine Sorge.«

»Das ist gut«, Joanna schien erleichtert, dass man sie verstand, »einerseits war es meine Pflicht, Ihnen alles zu sagen, und andererseits bange ich jetzt um meine Existenz.«

»Sie haben sich für Ihre Pflicht entschieden. Sehr lobenswert.«

Joanna wurde unsicher und warf einen unruhigen Blick von einem zum anderen.

* * *

»Warum entschuldigt sie sich dauernd?«, fragte Zorn draußen, nachdem Joanna die Tür hinter ihnen verschlossen hatte, »was ist hier bloß los?«

Sonja berichtete von Toni Christens Grab, dem Telefongespräch mit Lennartz, dem Brand im Jahre 1980, von Julia Kischbauers Brief und schließlich von ihrer Einkehr in die *Krone* am 6. November. Und sie stellte fest, dass sie Mühe hatte sich zu konzentrieren. Hinter ihrer Stirn tobte der Alkohol. »Keiner hat danach mehr etwas von ihr gesehen. Keiner was gehört.«

»Alles sauber unter den Teppich gekehrt. Türen zu und Licht aus.« Er nahm ihren Arm, führte sie zum Dorfplatz auf die grüne Bank und schob sie auf die Sitzfläche.

»Hat Lennartz immer noch nicht zurückgerufen?«

Sonja schüttelte den Kopf und tastete in ihrer Manteltasche nach dem Handy.

Nach einem tiefen Blick in ihre Augen, ließ Zorn sich neben sie fallen, schüttelte den Kopf und sagte: »Sturzbetrunken am helllichten Tag.«

»Ich kann nichts dafür, Joanna ist Alkoholikerin.«

»Nein«, sagte Zorn, »das glaube ich nicht. Sie weiß, dass sie trinkt.«

»Ich bin jedenfalls keine.«

»Das kann man wohl sagen. Du hättest nicht mittrinken müssen, oder?«

»Doch«, widersprach sie, »ich musste, irgendwie musste ich. Ich weiß wirklich nicht, warum.« Aber sie wusste, warum sie kein Glas abgelehnt hatte. Sie hatte gehofft, dass der Alkohol ihr die Zweifel nehmen würde. Die letzte Nacht, die

Zorn nicht in seinem Ford verbracht hatte, hatte sie aus der Bahn geworfen. Natürlich war Alkohol kein geeignetes Mittel, um zu einer Lösung für nicht lösbare Probleme zu kommen, doch für ein paar Stunden half er darüber hinweg. Es lohnte sich nicht, das wusste sie selbst, das musste ihr keiner sagen. Aber manchmal griff man auch nach einem Strohhalm.

»Was ist mit Bettina, der gar lieblichen Tochter der Wirtin?«, fragte sie und brachte das Gespräch auf sicheres Terrain.

»Sie ist zehn«, brummte Zorn.

»Und?«

»Ich habe nicht viel erfahren. Bettina war in der besagten Nacht des 6. November zu Hause. Und sie sagte, ihre Mutter wäre wie immer im Gasthof gewesen. Sie hat die ganze Zeit entsetzt auf meine Schuhe gestarrt.«

Wahrscheinlich war er auf dicken Sohlen, in deren tiefen Profilen Lehm und Erde klebten und Stroh von Gabriele Christens Scheune, gedankenlos über Parkett und Teppiche geschlurft, dachte Sonja.

»Und hatte einen Walkman auf den Ohren.«

»Das ist nun wirklich nichts Besonderes.«

»Ja, vielleicht, aber sie hat die Kopfhörer immer zwischendurch wieder aufgesetzt. Nach jedem Satz.«

Nach einer kleinen Pause sagte er nachdenklich: »Auch in Ihnen, Frau Kollegin, scheint ja ein Putzteufel zu stecken, aber unsere Künstlerin Joanna übertrifft alle Vorstellungen. Bettina wächst in einem Glashaus auf. Ich halte das für zwanghaft.«

»Zu putzen?«

»*So* zu putzen!« Nach einer Weile sagte er: »Bettina hat von ihrem Vater gesprochen, dass sie ihn vermisst und wie sehr er ihr fehlt. Er hätte immer Zeit für sie gehabt, hätte alles stehen und liegen lassen für sie.«

»Kinder sind immer die Opfer einer Scheidung«, sagte Sonja, und dachte, dass diese Erkenntnis zwar eine Plattitüde, aber deswegen nicht weniger wahr sei.

»Scheidung? Wie kommst du darauf? Heinz Kierdorf ist tot.«

»Joanna sprach von einer gescheiterten Ehe, also dachte ich ...«

»Bettina sagte, er wäre voriges Jahr in Aachen gestorben. Er war gerade erst vierzig geworden. Aber sie wollte nicht sagen, wie und warum.«

»Hast du sie gefragt?«

»Aber ja.«

»Sie hat dir nicht vertraut? Du bist doch Polizist.«

»Vielleicht traut sie niemandem mehr. Sie sieht aus, als hätte sie einiges wegstecken müssen.«

Und auf Sonjas fragenden Blick sagte er: »Sie lacht nicht mehr.«

Sonja nickte und fragte: »Hat sie keine Freundinnen?«

»Sie geht in Trier in die Ludwig Simon Realschule auf dem Montessoriweg, aber erst seit diesem Sommer. Ihre Mutter bringt sie hin und holt sie ab. Freundinnen scheinen nicht erwünscht. Manchmal spielt sie mit den Kindern der Bastians, aber deren Eltern sehen es nicht gern.«

»Wieso nicht?«

Zorn zuckte mit den Schultern. »Ihre Mutter will es auch nicht. Bettina soll sich um den Haushalt kümmern. Der Mutter den Rücken freihalten, nenne ich das. Ein bisschen viel verlangt von einem zehnjährigen Mädchen. Es scheint eine unüberbrückbare Distanz zwischen den beiden zu bestehen und kein besonders liebevolles Verhältnis.«

»Den Eindruck hatte ich auch.«

»Was hat denn Joanna über sie gesagt?«

»Das ist es ja. Nichts.«

Nach einer Pause fuhr er fort: »Bettina kam mir ganz verlassen und verloren vor in dem glänzenden Haus, und so ängstlich. Das ist nicht die glückliche, sorglose Kindheit auf dem Lande, wie ich sie mir vorstelle.«

Seine Erwartungen vom viel gepriesenen Landleben hatten sich nicht erfüllt, ein Leben zwischen Pferden und Wiesen, Baden im See, Schlafen in der Scheune ... von Romantik und Idylle war hier keine Spur. Nicht in Hilzay. Hilzay schien entmutigt und niedergeschlagen und unter Druck. Irgendwie lag das ganze Dorf auf der Lauer. Sonja hatte das Gefühl, ihm sagen zu müssen, dass das nicht der Normalfall war, dass Hilzay nicht das typische Eifeldorf wäre.

»Sonst wären wir nicht hier, nicht wahr? Wenn das hier alles vorbei ist, dann zeige ich dir das Dorf deiner Träume.«

Ihr war hundeelend. Sie legte den Kopf an seine Schulter, aber das machte es nicht besser. In der kalten, frischen Eifelluft konnte sich die Wirkung des Alkohols bösartig entfalten. Sie fuhr sich verzweifelt durch die Haare. Schließlich stand sie auf und ging mühsam zum Auto. Was für ein Teufelszeug hatte Joanna ihr da nur eingeflößt? Sie hatten aus der gleichen Flasche getrunken, erinnerte sie sich. Aber Joanna war putzmunter gewesen, als sie sie verlassen hatten. Also konnte es nicht am Wein liegen. Sie versuchte zu rekonstruieren, wie viele Weingläser sie getrunken hatte. Wie oft hatte Joanna nachgeschenkt? Wie viele Flaschen hatte sie geöffnet?

Sie drehte sich um. Zorn saß immer noch auf der grünen Bank, und er grinste. Hilflos winkte sie ihn zu sich. Er sollte sie ins Auto setzen, sie anschnallen und bloß langsam fahren, aber sie wollte trotzdem schnell zu Hause sein. Er sollte alle Kurven und jedes Bremsen vermeiden und die Seitenscheibe öffnen. Er sollte sie zu Hause nur noch die Treppen hinaufbegleiten, die Tür öffnen ... und vor allem nicht sprechen.

All das lag in ihrem Blick und er verstand.

15. Kapitel

Die Tür öffnete sich.

Sie hörte zuerst das Poltern und Rumpeln in der Dunkelheit, dann die Schritte, die näher kamen und lauter wurden. Der Lichtstrahl traf ihre Augen, blendete, sodass sie blinzeln musste, nichts erkennen konnte, sie hatte so lange kein Licht gesehen. Und hinter dem Strahl war alles dunkel. Dann band der Unbekannte sie los, die Hände und die Füße. Die Gelenke waren wund, aber vielleicht war jetzt alles vorbei. Voller Angst dachte sie an die Plastikhand unter sich. Sie hatte sie die ganze Zeit über an sich gedrückt, wie ein Kind ein Stofftier. Sie zu verlieren, war ein schrecklicher Gedanke, nach ihr zu greifen, unmöglich. Sie wurde von ihrem Lager gezerrt. Sie schlug mit dem Rücken auf den Boden, die Füße hakten am Rand, sie verlor einen Schuh, als die Fersen aufkamen. Der Unbekannte zog sie an den Armen hinter sich her, leise vor sich hinmurmelnd, sodass sie nichts verstand. Ihr Rücken rieb über den harten Boden, schmerzte, brannte wie Feuer. Sie konnte den Kopf nicht halten, und er schlug immer wieder auf, baumelte kraftlos, wie die Beine, die gegen harte, schmale Gegenstände prallten.

Der Unbekannte war nur ein dunkler Schatten, sie wagte nicht, ihn anzusehen, er war so stark. Er zog sie hoch, griff mit harter Hand unter ihre Arme und schleppte sie vorwärts, einen kleinen Hügel hinauf. Der Boden war eiskalt gefroren unter ihrem einen nackten Fuß. Sie rutschte wieder aus. Die Beine waren weich und ohne Kraft, sackten zusammen, und sie verstand das nicht, wieso konnte sie nicht gehen, nicht richtig sehen, wieso war ihr Kopf ein riesiges Loch und war so schwer, tat weh, als sei sie geschlagen worden. Übelkeit stieg auf, vom Magen aus überall hin, Schwindel, und sie torkelte benommen dahin.

Sie standen vor einer Tür, einem Haus, das plötzlich da war, als sie hochsah. Sie taumelte. Ihr Mund war trocken, die Zunge klebte am wunden Gaumen, und die Lippen fühlten sich dick und rau an. Der Unbekannte öffnete die Tür, zog sie in den Raum, stieß sie auf einen Stuhl. Es war der gleiche Gestank, sie erinnerte sich, es musste das gleiche Zimmer sein. Der Gestank nach Schimmel und Fäulnis. Das Zimmer, durch das sie am ersten Tag geführt worden war. Sie ertastete Armlehnen, hielt sich fest, die Hände verkrallt. Und wieder war alles nur dunkel, kein Fenster, kein Licht. Sie hörte, wie die Tür zufiel, eine andere Tür, nicht die, durch die sie gekommen war, wie sich der Schlüssel drehte, zweimal, und hinausgezogen wurde. Sie hörte die Schritte sich entfernen, und es wurde still um sie. Sie war nur von einer Dunkelheit in die andere geworfen worden, aber sie war jetzt ohne Fesseln.

Vorsichtig schob sie sich vom Stuhl auf den Boden, ein kalter, glatter Steinboden. Eine Hand am Stuhlbein, kroch sie auf Knien, zog den Stuhl hinter sich her, wollte ihn nicht verlieren, einen Anker. Sie versuchte den Weg zu finden, den sie gekommen war, erreichte eine Tür, an der Wand entlang, fand einen Tisch. Sie zog sich hoch, fuhr mit der Hand über die Platte. Sie war leer, aber rau, voller Schmutz oder Staub, der an ihren Fingern klebte. Der Ekel brachte den Husten zurück, die Schmerzen im Brustkorb, die Enge. Sie wischte die Hand am Kleid ab und ging wieder herunter in die Knie, krümmte sich, brach zusammen, spuckte den Husten auf den Boden, eine Hand packte in den Schleim. Sie schleppte sich weiter, robbte, hatte den Stuhl und den Tisch längst verloren. Dann blieb sie liegen, ihr eigenes Geräusch verstummte, das Schleifen des Körpers über den Boden, sie drehte sich auf den Rücken, ohne Kraft, Arme und Beine weit gespreizt, wehrte sich nicht, als der Husten wieder zurückkam, richtete sich nicht auf, kämpfte nicht mehr.

Sie schloss die Augen über der Dunkelheit und ließ es geschehen.

16. Kapitel

In aller Frühe sah sie Zorn im Dunkeln in Hose und Hemd steigen. Er brummte Unverständliches, und sie zog die Decke über den Kopf. Aber er deckte sie auf und sagte: »Ich gehe. Das hier ist nicht mein Revier.«

Max hob kurz den Kopf drüben im Schlafzimmer und starrte in Balzacs gelbe Augen direkt über ihm. Dann hörte sie den Schlüssel in der Haustür, und sie fuhr hoch. Sie hörte im Halbschlaf ein »Guten Morgen« von Zorn und ein »Guten Morgen« von Jerome, Schritte, die kamen und Schritte, die gingen. Die Haustür fiel ins Schloss, und Sonja war wach.

Einen Moment sagte er nichts, ordnete ein, was er gesehen hatte und dann: »Aha, wie hat er es geschafft?«

»Es ist weil ...«

Er ließ ihr die Qual.

»Weil du nicht hier warst, weil du ... Ich kann nichts dafür.«

Er schwieg.

»Und er auch nicht.«

»Ich auch nicht«, sagte Jerome.

»Nein, niemand, Schicksal.«

»Ich werde nie wieder auf diesem Sofa sitzen können«, sagte er und umkreiste das suspekte Möbel wie die Hyäne das vergiftete Aas.

Das Telefon klingelte, und Sonja war dankbar dafür. Jerome nahm ab und reichte ihr den Hörer. Es war Thomas Lennartz.

»Endlich«, stöhnte sie.

»Wo warst du eigentlich die ganze Zeit? Ich telefoniere mir die Finger wund«, sagte er.

»Wo war ich wohl? In Hilzay natürlich.«

»Und dein Handy?«

Sonja lief in den Flur und suchte in der Garderobe nach ihrem Mantel, fand das Handy in der rechten Tasche und stellte fest, dass es ausgeschaltet war. An einer Taste klebte noch ein Grashalm.

»Aus Versehen ausgeschaltet. Ich werde mich bessern. Also, was war mit dem Brand?«

»Der Brand war eine Brandstiftung. Marianne Kierdorf, die jetzige Wirtin der *Krone* in Hilzay, hat 1980 ihr Elternhaus angezündet und ganze sechs Jahre dafür gesessen. Ihre Eltern waren nämlich noch drin gewesen, als sie das Feuer gelegt hat.«

»Wie kam es heraus?«

»Die Hilzayer haben sie verpfiffen, allerdings mit einer gehörigen Verspätung von mehreren Wochen. Sie mussten wohl erst einmal gründlich über alles nachdenken.«

»Ist Toni Christen auch dabei umgekommen?«

»Nein. Nur die Wirtsleute.«

»Dann sieh mal nach, ob du überhaupt etwas über sie findest, unabhängig von dieser Geschichte hier.«

»Bleib dran. Das geht schnell. Ehe du wieder für immer abstellst.«

Sonja beobachtete Jerome, der immer noch auf und ab ging – die Arme über der Brust gekreuzt – und den Feldherrn spielte.

»Sonja?«, fragte Lennartz.

»Ja?«

»Nichts. Muss ein natürlicher Tod gewesen sein.«

»Niemals. Aber danke erst mal. Mach's gut.«

»Warte. Er hat wieder zugeschlagen.«

»Wer?«

»Der Traktorman. Hat den Mann wohl mehrmals überrollt. Das gibt Quetschungen an Armen und Beinen. Reifenspuren auf der Haut, ziemlich übel zugerichtet, der arme Kerl. Ein Wunder, dass er überlebt hat. Wir haben ihn rein zufällig gefunden.«

»Hartnäckiger Bursche. Und wo habt ihr ihn gefunden?«

»Heute Morgen. Ebenfalls in Hilzay, am Ortsrand.«

»Und wo ist er jetzt?«

»Er ist gerade ins Herz-Jesu-Krankenhaus eingeliefert worden. Intensivstation. Ich hoffe, er wird es schaffen. Er heisst übrigens Norbert Zehren, wohnhaft in Köln, mittelgroß, braune Haare, roter Schnäuzer.«

»Kann es sein, dass er einen Jeep fährt?«, fragte Sonja in einer plötzlichen Ahnung.

»Das habe ich ihn nicht mehr fragen können, er ist wieder ins Koma gefallen. Ich bleibe aber vorerst noch bei ihm, er kommt zwischendurch immer wieder zu Bewusstsein.«

»Ich komme.«

Sonja legte auf und begegnete Jeromes vorwurfsvollem Blick. Erst jetzt fiel ihr auf, dass sie keinen Kater von Joannas Wein hatte. Und einen Augenblick hatte sie das Gefühl, der Besuch im Gasthof in Hilzay wäre nur ein böser Traum gewesen.

»Fährst du mit ins Krankenhaus?«, fragte sie kleinlaut. »Ja? Kommst du mit? Ich muss los. Wir sind auf einer heißen Spur. Wir können unterwegs reden.«

»Man kann dich nicht allein lassen, so wie es aussieht.«

»So ist es.«

Sie fuhren über die Karthäuser Straße und die Gilbertstraße am Alten Judenfriedhof vorbei in die Friedrich-Wilhelm-Straße und parkten schließlich vor den ehrwürdigen Gemäuern des Herz-Jesu-Krankenhauses. Der Eingang im Neubau war noch eingerüstet. Und sie hatten noch nicht geredet. Er saß neben ihr wie eine seiner heiß geliebten griechischen Götterstatuen und sagte kein Wort.

Mit ihrem Dienstausweis ließ man sie bis auf die Intensivstation, aber nur in chirurgengrün. Jerome musste im Gang warten, er legte seine Stirn an die Glasscheibe der Zwischentür und verzog das Gesicht. Lennartz legte den Finger auf den Mundschutz, als sie eintrat.

Von Norbert Zehren war nicht viel zu erkennen. Bis zum Hals zugedeckt, sein Kopf bis auf die blutunterlaufenen Augen in dickem Verband, an der linken Schläfe sickerte es hellrot, seine Handgelenke waren verkabelt. Aber sein Mund lag frei und darüber prangte ein zerzaustes rotes Oberlippenbärtchen. Sonja hob seine Decke hoch und sah, dass auch die Stellen im Verband lagen, an denen sie hätte erkennen können, ob er durchgehend rothaarig war. Sie zog an seiner Schläfe vorsichtig eine Haarsträhne aus dem weißen Verband heraus, sie war eindeutig nicht rot, sondern dunkelbraun. Sie sah hinüber zu Jerome, der jetzt seine Nase an der Glasscheibe platt drückte. Aber er zuckte nur mit den Schultern, was wohl heißen sollte, dass diese weiße Mumie mit dem roten Oberlippenbärtchen der Mann aus der Buchhandlung sein könnte – oder auch nicht.

»Kann er reden?«, fragte sie Lennartz, der nickte und flüsterte: »Seltsame Geschichte. Er hat sich im Haus Edeltraud einquartiert. Das ist eine Pension auf der Eurener Straße. Die Wirtin sagt, sie hätte nicht viel von ihm gesehen. Er wäre immer unterwegs gewesen. Ein Tourist aus Köln. Und am vergangenen Mittwoch, am 11. November, wäre er dann abends nicht zurückgekehrt. Seine ganzen Sachen sind noch in der Pension. Und da hat sie heute lieber die Polizei benachrichtigt.«

»Gibt es irgendwas über ihn im Computer?«

»Nein, er ist ein unbeschriebenes Blatt.«

»Weiß er, wer es war, ich meine, wer der Traktor-Fahrer war?«

»Er sagt«, fuhr Lennartz fort, »es waren drei junge Leute. Ein großer Mann auf dem Fahrersitz und zwei kleinere auf den Böcken über den Rädern.«

Norbert Zehren versuchte zu nicken. Offensichtlich war er bei Bewusstsein und konnte dem Gespräch folgen.

»Nicht zu fassen. Ich glaube, das sind die drei, die bei uns in U-Haft sitzen. Die fahren nicht nur Traktor, sondern auch gestohlene Volvos. Aber sie sitzen bei uns schon seit Donnerstag. Dann muss dieser Mann mindestens drei Tage da gelegen haben, ehe ihr ihn gefunden habt.«

»Das sagen die Ärzte auch.«

»Wird er durchkommen?«, fragte Sonja mit einem Blick auf Zehren.

»Ja. Aber er wird nie wieder sein wie vorher. Die Ärzte sagen außerdem, dass die Verletzungen zwar alle gleicher Art sind, dass sie ihm aber eindeutig zu unterschiedlichen Zeitpunkten zugefügt worden sein müssen. Zwischen den älteren und den jüngeren Quetschungen liegen mindestens drei Tage. Das bedeutet für mich, dass Norbert Zehren auch der Mann ist, der schon letzte Woche beobachtet wurde, als er von einem Traktor angefahren wurde, und der sich dann merkwürdigerweise bei keiner Polizeistelle und in keinem Krankenhaus gemeldet hat.«

»Das ist alles andere als merkwürdig, der gute Mann hatte nämlich noch eine wichtige Sache zu erledigen«, entgegnete Sonja, beugte sich dann tief hinunter zu Norbert Zehren und fragte: »Was wollten Sie in Hilzay?« Sie legte ihr Ohr nahe an seinen Mund.

»Wandern«, flüsterte er mit ausgetrockneten Lippen und schloss die blutunterlaufenen Augen, »ich bin nur ein Wanderer.«

»Fahren Sie einen Jeep?«

Sonja konnte keine Reaktion feststellen.

»Sie sind nicht zufällig ein angeheuerter Killer, nicht wahr?«

Norbert Zehren zuckte in seinen Verbänden zusammen. Sonja verlor plötzlich die Nerven und schrie ihn an: »Antworten Sie gefälligst! Kennen Sie Christine Kirschbauer?«

Jetzt stellte Norbert Zehren sich der Einfachheit halber tot. Sonja rüttelte und zerrte an seinen Schultern. Er sollte nur den Kopf schütteln oder nicken, mehr wollte sie gar nicht, stattdessen verschwanden seine blutunterlaufenen Augen unter den geschwollenen Oberlidern und er fiel wieder in Ohnmacht.

Lennartz rang die Hände. »Bist du wahnsinnig?«, rief er und klingelte nach der Schwester, aber die grünen Kurven auf den Monitoren waren alle normal und alles piepste ordnungsgemäß. Sie hatte ein bisschen zu laut mit der Peitsche geknallt und sich an einem hilflosen Menschen vergriffen, aber im diesem Moment, da ihr klar wurde, dass Norbert Zehren der von Christine Kirschbauer angeheuerter Killer sein musste, empfand sie keinerlei Mitleid mehr.

»Frag ihn noch mal, wenn er wieder wach ist und ruf mich an!«, rief sie und stürzte hinaus.

* * *

Der restliche Vormittag gestaltete sich wie ein Tanz auf dem Vulkan. Jerome spuckte Feuer, und Sonja blieb nichts anderes übrig, als heiße Lava einzusammeln. Aber er war nicht eifersüchtig, nein, er war kein Spießer.

»Du bist fast fünfzig, das ist Altersleichtsinn«, sagte er schließlich und machte schmale Auge, als ihm nichts mehr einfiel, und er schüttelte weise sein Haupt.

»Besser als Altersstarrsinn«, sagte sie, »mach mir keine Vorwürfe.«

»Mach ich nicht«, widersprach er, »ich mache mir Gedanken.«

»Tu es nicht.«

»Ich frage mich, warum?

»Ich mich auch.«

»So kommen wir nicht weiter.«

Er beschloss wieder nach Köln zu fahren, noch am gleichen Abend, für den Fall, dass sich ihr Anfall wiederholen würde. »Ich werde nach einer Lösung suchen«, sagte er, als sie ihn im dunklen Hausflur verabschiedete und ihn auf Zehenspitzen küsste.

»Ja. Wir brauchen sehr dringend eine Lösung.«

Als sie die Haustür hinter ihm ins Schloss fallen ließ, klingelte das Telefon.

Ihre zischende Stimme war unverkennbar, sie musste sich nicht vorstellen.

»Ich wollte hören, ob es etwas Neues gibt.«

»Fragen Sie doch Norbert Zehren«, zischte Sonja zurück und sah Christine Kirschbauer vor sich stehen, das rosa Taschentuch immer noch in den Händen.

Es war still am Ende der Leitung.

»Er hat wohl lange nicht mehr angerufen, he?«

Stille.

»Tja, Pech für Sie. Sie hätten sich einen versierteren Killer suchen sollen.«

»Ich weiß nicht, was Sie meinen. Haben Sie denn nun meine Schwägerin gefunden oder nicht?«

»Ja, wir haben sie gefunden.«

»Und lebt sie noch?«

»Natürlich.«

Christine Kirschbauer ließ den Hörer fallen, und Sonja fühlte sich etwas besser.

Und dann kam auch noch Max angehumpelt. Endlich konnte es losgehen. Das erste Mal, dass er sich von seinem Lager erhoben hatte. Er ließ ihr keine Zeit über Jerome und Zorn nachzudenken und darüber, was jetzt geschehen sollte, und sie nahm es ihm nicht übel. Sie befand sich in einer unangenehmen Situation, und Max holte sie da heraus, wenigstens für eine kurze Zeit. Er torkelte, rutschte immer wieder auf dem glatten Steinboden aus. Er schlitterte in die Küche und vertilgte in Windeseile Balzacs Tagesration *Kitekat*, er knackte noch ein paar *Brekkies* als Nachspeise. Dann rülpste er bebend, setzte sich vor sie und strahlte sie an. »Du bist ein Lieber«, sagte sie und bückte sich, um ihn zu streicheln. Balzac war empört und fauchte eifersüchtig in der Gegend herum.

»Lass uns einen kleinen Spaziergang versuchen, ja? Sehen, wie fit du bist.«

Als sie auf der Lindenstraße hoch zu ihren Fenstern sah, entdeckte sie Balzac, der mit einem Buckel durch die Scheiben starrte. Sie fragte sich, was er in der Zwischenzeit anstellen würde, um sich zu rächen. Er hatte sicher einen Plan.

Sonja zeigte Max den Weg hinunter zur Mosel, nur ein paar Schritte über die Kreuzung rechts hinunter ans Zurlaubener Ufer, und er stürzte auf drei Beinen ans Wasser, das noch hoch war von der letzten Flut, und schlappte hingebungsvoll. Es schien besser zu schmecken als der Rhein, aber sicher erinnerte er sich an ihn, er tappte mit allen Beinen durch das nasskalte Gras und zeigte keine Schmerzen. Die Bänke auf dem Deich waren leer, und es gab nur ein paar hartnäckige Enten zu verscheuchen und einen einsamen Jogger aus dem Rhythmus zu bringen. Ein herrenloser, stummer Hund und eine alternde, unverstandene Kommissarin haben etwas gemeinsam, stellte sie fest. Sie haben keine besonders rosige Zukunft vor sich, müssen sich durchschlagen mit zähem Willen und dickem Fell gegen den Rest der Welt.

»Wir schaffen es.«

Sie und Max.

Jerome war geflohen, angeblich auf der Suche nach einer Lösung. Sie musste davon ausgehen, dass er sein Vorhaben vergaß, im gleichen Augenblick, in dem er sein Institut an der Universität zu Köln betrat und ihm jemand einen prähistorischen Knochen hinhielt.

Und wo war Zorn? Er hatte plötzlich Revierprobleme. Als die beiden sich heute Morgen in der Haustür gegenübergestanden hatten, da hatte sie noch gewünscht, der Boden unter ihren Füßen sollte sich auftun, aber jetzt brachte die Erinnerung daran sie fast zum Lachen. Sie hatten es nicht besser verdient.

17. Kapitel

Sonja parkte am Ortsrand von Hilzay. Sie wollte Max, der aufgeregt in ihren Armen zappelte, dorthin tragen, wo Holger Grams ihn gefunden hatte, zu der Stelle, die sie mit den gelben und dunkelbraunen Kieseln bezeichnet hatte. Und er sollte seine Kräfte schonen bis dahin und fit sein im entscheidenden Moment. Er sollte dort anfangen, wo er aufgehört hatte. Sie glaubte nicht an die Theorie, dass er sich verlaufen hatte. Sie war sicher, er war einer Spur gefolgt und Holger Grams hatte ihn gestört.

Sonja hatte Mühe die Stelle wiederzufinden und sie lief suchend den Feldweg entlang. Schließlich fand sie die Kiesel, die jetzt einzeln lagen und kein Dreieck mehr bildeten. Jemand war den Weg gegangen in der Zwischenzeit und hatte es achtlos zertreten.

Sie setzte Max ab und rief: »Such, Max!«

Max stand bibbernd auf drei Beinen.

»Lauf, Max!«

Gewöhnliche Hundebefehle gehörten nicht zu seinem Wortschatz.

»Tu mir das nicht an. Bartmann wartet nur darauf!«

Als Max das Wort »Bartmann« hörte, versenkte er seine Nase in den Boden, schnüffelte wie besessen und stob davon. Er wieselte mit tausend kleinen, dreibeinigen Hundeschritten voran. Ein eisiger Wind wehte über die kahlen Felder, seine Ohren standen senkrecht. Der Himmel war durchgehend grau, schneegrau. Es würde bald Schnee geben, viel zu früh. Es war erst Mitte November. Und dann würde auch Max nichts mehr riechen können. Es blieb nicht viel Zeit.

Max interessierte sich für alles, was hier herumstand, armer Städter, die Nase verdorben vom Smog. Die Spuren eines Hasentreffens, leere Wassertröge, ein einsamer Heuhaufen, ein Wegekreuz, ein umgefallener Zaunpfahl, ein Begrenzungsstein, ein davonfliegendes Blatt, alles fand seine völlige Hingabe, er markierte inbrünstig Scholle für Scholle, die er wiederzuerkennen schien.

Rechts näherten sie sich einem kleinen Waldstück, dem Gilzemer Busch, es gab nicht viele davon im Bitburger Land, das eigentlich nur ein Ackerland war und nicht umsonst die »Kornkammer der Eifel« genannt wurde. Traktorspuren waren in verschiedenen Richtungen auszumachen. Und Norbert Zehren und sein Jeep fielen ihr ein. Eine von ihnen konnte genau so gut die Spur eines Jeeps sein. Wenn Norbert Zehren auf einem Feldweg in der Nähe von Hilzay angefahren worden war, und er tatsächlich Mr. X war, wie Sonja glaubte, dann musste der Jeep hier noch irgendwo sein.

Max sah sich manchmal nach ihr um, wollte nicht schon wieder verloren gehen – nur Sonja war ihm geblieben. Er blieb stehen, ließ sie herankommen, und wenn sie auf seiner Höhe war, stob er wieder davon zum nächsten Treffpunkt, die Nase im Wind, mit dem Duft nach Gülle und Kühen. Aber er war glücklich, wenn sein spitz zulaufender Schwanz ein Maßstab war. Er vergaß sogar zu humpeln, von Zeit zu Zeit.

Sonja sah drüben am Horizont den Kirchturm von Hilzay, schmal und viereckig, und auch die Umrisse von Grams' Hof, und daneben das neue Haus der Wirtin und am Rand des Gilzemer Busch den lang gestreckten Gasthof. Dahinter ein umzäuntes Wiesenstück auf einem Abhang und an seinem äußersten Ende einen niedrigen Schuppen mit flachem Dach, in einer kleinen Talsohle, eher wie ein Bunker, halb in den Abhang hineingebaut. Das Dach war von hohem Gras überwuchert und unterschied sich nicht von der Wiese, die geradewegs auf dieses Dach führte. Sie hatte es nicht erkennen können, als sie gestern vom Hinterzimmer des Wirtshauses hinausgesehen hatte. Und so näherte sie sich dem Schuppen vom Acker her, und Max lief neugierig voraus. Er brauchte keine Wege und ausgetretenen Spuren. Sonja folgte ihm, stolperte über Ackerfurchen und durch Pfützen, die zu kleinen, weißen Eisseen gefroren waren und laut knackten und zerbrachen, wenn sie darauf trat. Max fand ein Loch im morschen Holzzaun, robbte hindurch, lief ein paar Mal um den Schuppen herum, markierte ihn sorgfältig an verschiedenen Stellen und kroch dann wieder umständlich durch den Zaun zurück zu ihr. Er blieb neben dem Zaunloch stehen, seine schwarzen Käferaugen blitzten, und er hechelte ganz aufgeregt, dass sein Atem in kleinen Wölkchen vor ihm stand. Dann kroch er wieder durch das Loch im Zaun. Sonja kletterte über den hüfthohen Zaun, fing sich einen Holzsplitter in der Hand, und die Jeans krachte bedeutsam im Schritt. Und da war ein Stich in den Lendenwirbeln, als sie aufkam.

Max hatte den Schuppen schon ein paar Mal umkreist, er stand unter Drogen, war gedopt, als sie endlich neben ihm vor der dunkelgrünen Eisentür auf der gegenüberliegenden Seite stand. Ein Vorhängeschloss verhinderte den Zutritt, aber sie rüttelte trotzdem an dem schweren Griff, Max zuliebe. Er sprang hektisch auf und ab gegen die Tür.

Sie sah sich um. Die Tür zeigte Richtung Norden, Richtung Meckel, war von Hilzay aus nicht zu sehen. Die Feldwege waren weithin menschenleer, und nur das sanfte gleichmäßige Rauschen der B 51 war zu hören, wenn eine Windböe aus Osten kam. Das messingfarbene Vorhängeschloss war nicht verrostet, schien frisch gefettet, blank und neu oder zumindest oft benutzt – zu oft für ihren Geschmack. Und sie lobte Max, der weiter wie ein Wilder gegen die Tür sprang.

»Wir gehen zurück zum Auto, in der Werkzeugkiste habe ich bestimmt etwas, das wir hier ansetzen können. Komm, lass uns gehen, wir beeilen uns. Wir kommen zurück, versprochen.«

Aber Max hatte beschlossen, die Tür nicht allein zu lassen, nie mehr, und so hockte sich das winzige weiß-schwarze Bündel außer Atem davor.

»Also gut, bleib einfach hier sitzen, ich bin gleich zurück.«

Sie musste einem stummen Hund nicht sagen, dass er sich ruhig verhalten sollte. Seine Ohren standen im Wind weit ab, und seine Augen verfolgten sie, er verrenkte sich den Hals, aber rührte sich nicht vom Fleck.

Als Sonja durchgefroren mit Wagenheber, Schraubenschlüssel und Gummihammer nach einer knappen halben Stunde wieder auftauchte, saß er immer noch an der gleichen Stelle, zitterte am ganzen Körper, und als er sie sah, begann er sofort wieder gegen die Tür zu springen.

Aber ihre Finger waren klamm und steif von der Kälte, hatten kaum Kraft, und das Werkzeug war eiskalt und feucht, sie rutschte ab, wenn sie fest zupackte. Der gnadenlose Wind brannte auf den rau gewordenen Lippen, und die Nase lief, unaufhörlich, Ohren und Wangen waren steif gefroren. Max saß jetzt still neben ihr und beobachtete sie aufmerksam, während sie arbeitete, das Werkzeug ansetzte, immer und immer wieder, von allen Seiten, aus unterschiedlichen Winkeln, ein Bein gegen die Tür gestemmt, mit aller Kraft. Sein Blick war kritisch.

Mit deutlichem Schnappen brach der Bogen des Schlosses endlich auseinander, die Tür öffnete sich einen Spalt breit, sie musste nur das Schloss abnehmen, und die Tür stand weit offen. Max verschwand sofort in der Tiefe des dunklen Raumes.

Es war ein Geräteschuppen ohne Fenster. An eine Taschenlampe hatte sie nicht gedacht. Sie stolperte über das vorsintflutliche Modell eines Rasenmähers und entdeckte aufgereihte, aneinander gelehnte Gartenstühle, rostiges Werkzeug, abgestellte Kisten. Der Boden war nur Erde, auf der nichts mehr wuchs, hart und höckerig. Max steckte seine Nase zwischen die Ritzen der Möbel und fing wild an zu röcheln und zu schnobern, mit den Vorderbeinen zu kratzen und zu schaben und schaffte es schließlich, einen Stuhl umzukippen, und jetzt fielen die anderen auch um, in einer Kettenreaktion. Max schreckte zurück, ein paar Schritte nur, aber dann kroch er mutig tiefer in das Gewirr von Stangen und Kisten hinein. Sie folgte ihm und räumte hinter ihm die Stühle beiseite. Er führte sie zu einer Pritsche, einem verlassenen Lager, nur eine Handbreit über dem Boden, aus dunklem, schwerem Stoff über Metallrohren. Eine Wolldecke lag am Fußende, achtlos beiseite getreten, und ein niedriger, wackliger Hocker stand daneben. Kein Licht, selbst nicht das Licht, das durch die offen stehende Tür fiel, kam bis hierher ans Ende des Schuppens hinter all das ausrangierte Durcheinander.

Ihre Hand fuhr über den Stoff, die Rohre entlang, fühlte Seile an allen vier Enden, aufgebundene Fesseln, zerfasert, tastete dahinter und darunter und blieb schließlich hängen, fühlte zuerst den Absatz, spitz und lang, und als sie ihn hervorzog, hielt sie in beiden Händen einen Schuh. Max steckte die Nase hinein und schnüffelte begierig, schnappte ihn aus ihren Händen und lief hinaus.

Auf der Suche nach dem zweiten Exemplar, fand sie eine kleine Plastikflasche ohne Verschluss, die sie in ihre Manteltasche steckte.

Noch einmal kontrollierten ihre Hände das Lager, entfalteten die Decke, und ein heller Gegenstand rollte heraus. Im Dunkeln konnte sie ihn kaum erkennen, aber wenn sie sich nicht sehr täuschte, handelte es sich um eine kräftige, linke, künstliche Männerhand. Sie steckte sie in die andere Manteltasche, stand mühsam auf und suchte den Weg nach draußen.

Im Tageslicht, das nur das graue, sonnenlose Novemberlicht war, brach die Kälte über sie herein, ließ sie schaudern und zittern. Sie zog ihre Fundstücke aus den Jackentaschen. Entsetzt starrte sie auf die Hand und sah Helmut Christen vor sich, mit seiner silbernen Zigarettenspitze, seine kleine verhärmte Frau, und hörte sie vom Tod der einzigen Tochter sprechen. Sie schob die Hand zurück in die Manteltasche, nur die Finger schauten noch heraus. Auf dem Etikett der kleinen, durchsichtigen Sprayflasche stand *Nitrolingual*. Das Medikament enthielt 2 % Glyceroltrinitrat.

Und Max stand da mit einem schwarzen Lackschuh in der Schnauze und wedelte selig.

»Freu dich nicht zu früh. Es sieht nicht gut aus.«

Auf dem Feldweg näherte sich eine Gestalt. Es war Zorn, sie erkannte ihn auf den letzten hundert Metern an seinem schleppenden Gang. Max lief auf ihn zu, den Schuh in der Schnauze, den er sich nicht mehr abnehmen ließ.

Einen Augenblick standen sie sich verlegen gegenüber und überlegten, ob sie etwas zu dem sagen sollten, was gestern Nacht geschehen war. Aber die Sache war zu heikel, niemand traute sich.

»Ist das Julia Kirschbauers Schuh?«, wollte Zorn endlich wissen und bückte sich zu Max herunter, und Sonja hatte das Gefühl, er wollte ihrem Blick entgehen. Max ließ nicht zu, dass er den Schuh auch nur berührte.

»Ich denke, ja, Max hütet ihn wie einen Schatz. Und das hier habe ich noch gefunden, auch hier im Schuppen, unter einer Pritsche. Nitrolingual.« Und sie reichte ihm das Fläschchen.

»Was ist das, Nasenspray, Ohrentropfen?«

»Nein. Nitroglycerin«, erklärte Sonja und nahm die Flasche wieder an sich, »wenn es Julia Kirschbauer gehört, wovon wir ausgehen müssen, dann hat sie zu allem Überfluss auch noch Angina pectoris, und da es leer ist, wird es eng für sie.«

»Im wahrsten Sinne des Wortes. Davon hat die liebe Schwägerin in ihrer Supervilla aber nichts gesagt, oder?«

»Sonst hätten wir uns wahrscheinlich viel zu sehr beeilt. Und du, mein Lieber, sagst wir hätten Zeit, auf einen Tag mehr oder weniger käme es nicht an.«

»Konnte doch keiner wissen«, murrte Zorn und scharrte

mit den Füßen, »aber wenn es dir hilft, mach mich fertig.«

Dann fiel sein Blick auf ihre Jackentasche und die Finger, die hervorschauten. Angewidert zeigte er darauf.

»Nur eine Plastikhand, keine Sorge.«

»Eine Plastikhand?«

Sonja zog sie heraus und hielt sie ihm hin, und er nahm sie, als ob er Händeschütteln wollte.

»Guten Tag«, sagte er, »nett Sie kennen zu lernen.«

»Wem gehört eigentlich dieser verdammte Schuppen?«, fragte Sonja und überging seine Bemerkung. Für Witze war sie nicht in Stimmung.

»Auch Helmut Christen, würde ich mal sagen«, vermutete Zorn und ließ die Plastikhand hin- und herbaumeln.

Sonja kramte ihr Handy hervor und wählte Miroslav an.

»Ich weiß auch, dass Sonntag ist. Aber einer vom Katasteramt muss in sein Büro. Da hilft nichts. Er soll mich sofort von da aus anrufen.«

Max saß mit dem Schuh in der Schnauze zwischen Sonja und Zorn und sah von einem zum anderen, als ahnte er, dass da etwas in der Luft wäre, über das sie nicht reden konnten.

»Wieder im Lande?«, fragte Sonja fast beiläufig, um die Zeit totzuschlagen und hoffte inständig, dass Miroslav sich beeilen würde.

»Ja, ja«, brummte Zorn.

»Du hast was verpasst.«

»Also mir hat es gereicht«, sagte er und sah angestrengt in die Landschaft.

»Lennartz hat angerufen.«

»Wurde aber auch Zeit.«

Die Sache mit dem abgestellten Handy ging ihn nichts an, und so berichtete Sonja ausführlich von den Neuigkeiten über Norbert Zehrens Gesundheitszustand und Joannas Altlasten aus dem Jahre 1980. Es war viel passiert an einem einzigen Morgen, und Zorn tat interessiert und unterbrach sie kein einziges Mal.

Erst als sie auf Christines Anruf zu sprechen kam, meinte er lapidar: »Bis dahin, alles bekannt.«

»Ach ja?«

»Ich komme von Lennartz.«

Sonja schüttelte den Kopf: »Danke, dass du mich hast ausreden lassen.«

Zorn sah sie an und grinste plötzlich: »Kein Problem.«

»Ist er noch wütend auf mich?«

»Nein, er ist froh, dass Zehren überlebt hat.«

»Na, so schlimm war ich nun auch wieder nicht. Hat er inzwischen gestanden?«

»Er denkt nicht dran. Er besteht darauf, ein harmloser Wanderer zu sein. Aber das kann er nicht mehr lange mit uns machen. Sobald er das Krankenhaus verlassen kann, werden wir ihn nach Köln schleppen und ihn Christoph Kirschbauer gegenüberstellen. Und dann hat die liebe Christine ein erhebliches Problem.«

»Aber so weit sind wir leider noch nicht.«

Sie atmeten beide erleichtert auf, als endlich das Handy klingelte. Sonja beschrieb die Lage des Schuppens und wartete, schließlich sagte sie: »Danke.«

»Der Schuppen gehört Helmut Christen. So ein Mist«, fluchte sie, »ich war ganz sicher, dass Joanna die Kidnapperin ist, um es den Hilzayern anzuhängen, oder wenn überhaupt ein anderer als Joanna, dann Norbert Zehren mit seinem Auftrag. Aber Helmut Christen? Warum sollte er?«

Zorn zuckte mit den Schultern.

»Toni«, sagte Sonja plötzlich, »Tonis Tod ist das letzte Geheimnis. Wenn wir das lüften können ...«

»Dann müssen wir uns noch mal die Christens gründlich vornehmen«, sagte Zorn und schob das Vorhängeschloss vom abgebrochenen Türriegel.

Auf dem Weg ins Dorf begann es zu schneien. Die ersten kleinen Schneeflocken, fast noch Regentropfen, trudelten herab, tauten sofort weg. Aber es fielen neue, härtere und kältere aus dem grauen Himmel. Max lief voraus. Sie gingen nebeneinander den kleinen Hügel nach Hilzay hoch. Max saß schon vor der Gasthoftür, als Sonja und Zorn sich näherten. Der Schnee schmolz auf seinem Fell, so nass sah er noch jämmerlicher aus und sein Schwanz war nur noch ein Strich. Er nieste.

Als Sonja den kleinen Max vor dem Gasthof hocken sah, mit der gleichen energischen Bestimmtheit wie eben vor dem Schuppen, mit der gleichen Unnachgiebigkeit, wusste sie plötzlich, dass sie Julia Kirschbauer nicht bei den Christens finden würden, und sie sagte: »Hier drin ist Julia Kirschbauer!« Sie schüttelte sich vor Kälte und fuhrt fort: »Mir wäre es lieber, wenn du Max zum Auto bringst. Ich habe so eine Ahnung, dass das hier nichts für seine kleine Hundeseele ist.«

Zorn gab Sonja die Plastikhand und das Schloss, griff nach Max und nahm ihn hoch. Max wehrte sich. Aber mit dem Schuh im Maul konnte er nicht beißen.

»Ruf Bartmann an«, rief Sonja hinter Zorn her, »und bring den Schuh wieder mit.«

»Und du, lass die Finger von Joannas Wein.«

Max hatte den Kopf auf Zorns Schulter gelegt und blickte zurück. Verzweiflung stand in seinen kleinen, schwarzen Augen.

Sonja begann an der verschlossenen Eingangstür zu rütteln. Das K flackerte drohend über ihr. Sie hoffte, Zorn würde sich beeilen, es war ein beruhigendes Gefühl, ihn neben sich zu haben. Sie legte die Hände an die beschlagenen Scheiben und versuchte etwas zu erkennen, als ein Mädchen schließlich öffnete. Ihr Gesicht war fahl und ihre Augen waren überschattet von Müdigkeit. Ihre dünnen Haare waren blond, auch ihre Augenbrauen und Wimpern.

»Polizei«, sagte Sonja nur.

»Endlich. Kommen Sie herein. Ich bin Bettina«, flüsterte sie. Sie war sehr klein für ihr Alter, wirkte ängstlich und zerbrechlich. Sie führte Sonja durch den dunklen Gastraum, die Küche und den Vorratsraum. Von da gelangten sie in das Hinterzimmer, und dann sah Sonja sie auf dem Boden liegen.

An ihrem linkem Fuß fehlte der Schuh, die Strümpfe waren zerrissen, Laufmaschen über und über. Das dunkelgraue Kostüm hing eng an ihrem Körper. Der Rock war an einer Hüfte hochgerutscht und hatte Flecken und Risse. Ihr Kopf lag zur Seite und die blonden, strähnigen Haare fielen ins Gesicht, das voller Erde und Lehm war. Der Mund war nur leicht geöffnet, die Zunge darin dick und geschwollen. Sie war rot von Blut, Blut auch an den Zähnen und am Kinn, dunkles, geronnenes Blut.

»Einen Arzt! Sofort einen Arzt!«, schrie Sonja.

»Es ist zu spät. Ich habe schon den Leichenwagen rufen lassen.« Joannas Stimme, die aus einer Ecke des Zimmers kam, war tonlos.

»Einen Arzt!« Sonja stieß Bettina beiseite, kniete schon neben ihr. Sie sah aus den Augenwinkeln Bettina zum Telefon laufen und hörte ihre atemlose Stimme. Sonja rief ihren Namen, rüttelte sie, aber sie reagierte nicht. Die dünnen, weißen Finger sahen bleich und kalt aus, aber sie waren heiß, heiß wie Kohlen, als Sonja sie berührte. Sie fühlte keinen Puls, nicht links, nicht rechts, aber am Hals, da pochte er noch, ganz flach und erschreckend langsam. Sie schob ihren Kopf weit zurück, drückte mit der Linken die Unterlippe gegen die Oberlippe, verschloss ihren Mund, legte ihre Lippen über ihre Nase und blies Atem in sie hinein, einen Rhythmus, ihren Rhythmus.

»Los, atme.«

Sie kniete über ihr und presste die Hände, zwei Finger breit unterm Sternum nach rechts über ihr Herz, die rechte Hand hohl, die linke darüber, zählte laut, ihren Rhythmus.

»Mach schon, los, atme.«

Und sie hörte nicht auf. Sie wusste nicht wie lange sie dort atmete, presste, als eine Hand sich um ihren Arm legte und sie wegzog. Sie sank zu Boden und sah zu, wie der Arzt die Maske über Mund und Nase legte, die Augen weit öffnete und das Licht die Reaktion der Pupillen suchte.

Sie zeigte dem Arzt die kleine Flasche, und er sagte nur:

»Kein Wunder.«

Sonja zog den dunkelgrauen Rock herunter, strich ihn sorgsam glatt, ordnete das verklebte Haar über der nassen Stirn. Sie sah sich um. Joanna kauerte hinter ihr in einer der Zimmerecken auf dem Boden, die Knie hochgezogen. Sie rührte sich nicht und blickte nicht auf. Bettina stand an der gegenüberliegenden Wand, so weit von ihrer Mutter entfernt, wie es in diesem Raum möglich war. Sonja stellte sich neben sie, legte eine Hand auf ihren Arm und merkte, dass sie zitterte.

»Es ist vorbei«, flüsterte sie ihr zu, »hörst du, es ist vorbei.«

Aber Bettina reagierte nicht. Sie beobachtete den Arzt und den Sanitäter, die murmelten und ihre Arbeit taten mit geübten Griffen. Sie legten Julia Kirschbauer auf eine Trage, banden sie fest und trugen sie hinaus, in ihren roten Jacken mit den silbernen Streifen. Sonja folgte ihnen nach ein paar Minuten. Draußen sah sie Schatten im hell erleuchteten Inneren des Krankenwagens, sie kämpften. Und dann endlich kam der Sanitäter heraus und nickte ihr zu.

»Sie wird es sicher schaffen. Wir tun, was wir können«, sagte er. »Wir bringen sie ins Herz-Jesu-Krankenhaus nach Trier. Auf die Intensivstation. Können Sie ihre Angehörigen benachrichtigen?«

»Das werde ich wohl müssen. Ich werde morgen auch da sein«, sagte Sonja und dachte an Norbert Zehren. Julia Kirschbauer und er hätten sich eine Menge zu erzählen, wenn sie wieder dazu in der Lage sein würden. Der Sanitäter stieg wieder ein, der Krankenwagen fuhr langsam an und das

Blaulicht warf lange, gespenstische Schatten in den Schnee.

Sonja atmete tief durch und ging zurück ins Hinterzimmer. Es kam ihr heute größer und kälter vor als gestern und der Geruch war noch abstoßender. Mutter und Tochter hatten sich nicht von der Stelle gerührt. Es sah aus, als bräuchten sie diese vier Meter, um nicht aneinander zu geraten.

»Wie konnten Sie einen Leichenwagen rufen statt einen Arzt?«, fuhr Sonja Joanna an.

»Das habe ich. Als erstes. Aber niemand kam zu uns heraus, und jetzt ist es leider zu spät. Sie ist tot.«

»Nein«, sagte Sonja leise, »das ist sie nicht.«

»Aber so gut wie. Ich konnte nicht wissen, dass sie nur krank und vielleicht noch zu retten ist, es sah nicht danach aus«, erklärte Joanna. »Und ehe Sie mir Vorwürfe machen, Frau Kommissarin ... Entschuldigung, Frau Hauptkommissarin, meine ich natürlich. Sie haben mir kein Wort geglaubt, als ich Sie warnte, haben Sie das vergessen? Das war ein großer Fehler, denn ich hatte Recht, wie Sie sehen. Vielleicht, wäre es da noch früh genug gewesen, sie zu retten.«

»Sie wird überleben.«

Bettina atmete erleichtert auf, als sie hörte, dass Julia Kirschbauer lebte und weiter leben würde. Sie lehnte sich einen Moment zurück, presste den Kopf an die Wand und schloss die Augen. Dann öffnete sie sie wieder, sah auf ihre Mutter herunter und sah nichts anderes mehr. Da war plötzlich keine Angst mehr, nur Herausforderung, als könnte sie sie mit ihren Blicken zum Reden zwingen.

»Da haben Sie ja noch mal Glück gehabt!«, fing Joanna wieder an, »ich möchte nicht in Ihrer Haut stecken, wenn sie sterben würde. Ich habe sie gefunden, da draußen in Helmuts Schuppen neben dem Feldweg, zufällig. Ich habe ihr Wimmern gehört. Helmut hat sich tatsächlich getraut. Alle Achtung! Wie kommt es, dass Sie sie dort nicht gefunden haben, Frau Hauptkommissarin? Wäre das nicht Ihre Aufgabe gewesen?« Joanna schüttelte bedauernd den Kopf. »Aber er ist für meinen Geschmack ein bisschen zu weit gegangen. Ohne Licht, ohne Essen, ohne Wasser. Julia Kirschbauer tat mir wirklich Leid. Sie war am Ende. Und darum habe ich sie auch da herausgeholt, heimlich, in meinen Gasthof, hier ins Hinterzimmer. Auch auf die Gefahr hin, dass ich dabei gesehen werde und der Verdacht dadurch auf mich fallen würde.«

»Wann haben Sie sie hierher geholt?«

»Heute Morgen erst. Ich wollte sie gesund pflegen und Helmut klar machen, dass sie Strafe genug hatte. Was zu weit geht, geht zu weit. Man kann alles übertreiben. Aber wer konnte ahnen, dass sie so krank ist? Sie vielleicht? Sind Sie deswegen hier?«

»Ich bin hier, weil ich im Schuppen ihren Schuh und die Arzneiflasche gefunden habe.«

»Dann brauche ich Ihnen nicht zu erklären, unter welch armseligen Umständen die Ärmste die letzten Tage verbringen musste. Und Sie werden mir Recht geben, dass meine Nachbarn ... wie soll ich sagen ... den Blick für die Grenzen der Menschlichkeit verloren haben.«

Und als weder Sonja noch Bettina etwas sagten, fuhr sie lachend fort: »Was bei dem Nebel in besagter Nacht auch kein Wunder ist.«

»Würdest du die Hilzayer holen, Bettina? Alle?«, fragte Sonja.

»Ja, sicher.«

Bettina hastete davon, taumelnd, froh, dass nun endlich alles aufgedeckt würde, und dass sie etwas dazu beitragen konnte.

»Wir werden eine Dorfversammlung abhalten«, erklärte Sonja.

»Nur zu«, sagte Joanna.

Während sie auf Bettina warteten, wählte Sonja die Notrufnummer und erfuhr, dass heute Morgen kein Notruf vom Gasthof *Krone* aus Hilzay eingegangen war.

18. Kapitel

Nach einer Weile kamen sie alle herein, aufgeschreckt aus ihren gemütlichen Wohnzimmern. Auf ihren Mänteln und Strickjacken lag Schnee. Sie waren verstört und gingen dicht hintereinander, die blonde Sabine Bastian zuerst, ihre Eltern hinter ihr, sie hatten die beiden Kleinen zu Hause gelassen, Holger Grams, bleich und mit gesenktem Kopf und schließlich auch Helmut Christen, gestützt von seiner kleinen Frau. Sie drängten sich eng aneinander.

Und Peter Bastian fragte als Erster: »Warum holen Sie uns hierher?«

»Haben Sie nicht den Krankenwagen gesehen?«

»Doch.«

»Julia Kirschbauer war in diesem Krankenwagen. Wir wollen hoffen, dass sie überlebt. Sie war in einem Schuppen eingesperrt und gefesselt.«

Ein Raunen ging von Mund zu Mund.

»In Ihrem Schuppen, Herr Christen«, sagte Sonja und zog die Plastikhand aus ihrer Manteltasche.

Helmut Christen erschrak nicht bei ihrem Anblick, sondern murmelte ganz ruhig: »Ich war seit Wochen nicht in meinem Schuppen. Wir benutzen ihn nur im Sommer. Es sind nur Geräte für die Ernte darin.«

»Und diese Hand.«

»Ja, sie war meine erste nach dem Unfall. Sie hat mir nie richtig gepasst. Aber wegwerfen wollte ich sie nicht. Ich hatte schon ganz vergessen, dass ich sie in den Schuppen gelegt habe.«

»Sehen Sie«, Joannas Stimme war schrill und sie klatschte in die Hände. »Was habe ich Ihnen gesagt. Er leugnet alles. Wie üblich.«

Grams und Bastians und Christens schüttelten ratlos die Köpfe. Da lief sie fluchend und tobend von einem zum anderen, zerrte an ihren Mänteln und rüttelte an ihren Schultern. Sie fuchtelte wie eine Wahnsinnige vor ihren Gesichtern herum, stampfte auf den Boden und schrie Verwünschungen.

»Helmut hat sie dort eingesperrt, und ihr habt ihm alle geholfen«, schrie sie wie besessen.

Sie rückten noch enger zusammen, die Gesichter versteinert vor Angst. Sie fühlten sich bedrängt und waren in Erklärungsnot. Dorfversammlung, dachte Sonja und schauderte.

»Warum sollten wir so etwas tun?«, fragte Helmut Christen.

»Der Schuppen gehört dir«, schrie Joanna und ihr Gesicht war rot vor Wut.

»Warum sollte ich so etwas tun?«, wiederholte er.

»Warum? Warum?«

»Julia Kirschbauer hat mir nichts getan. Ich kenne sie nicht einmal.«

»Ach, und den Brief von ihr habt ihr wohl auch nicht bekommen, was?«

»Doch«, gab Helmut Christen zögernd zu, und die Nachbarn nickten.

Joanna stieß Helmut Christen beiseite und rannte hinaus, und alle sahen ihr nach.

»Haben Sie einen Schlüssel zu diesem Schloss?«, fragte Sonja und zog das Vorhängeschloss aus der Manteltasche.

»Ich glaube ja«, sagte Helmut Christen, weil alle Vorhängeschlösser gleich aussehen. »Im Haus. Ich kann ihn holen.«

»Ja, bitte.«

Christen wollte gehen, als Joanna wieder in der Tür stand. Sie machten einen großen Bogen umeinander. Joanna knallte das blutrote Buch auf den Tisch, *Tod im Schnee.*

»Deswegen!«, schrie sie und schlug mit der flachen Hand auf den Buchdeckel.

Die Hilzayer kamen nah an den Tisch und starrten auf das Buch.

»Ich habe es nicht gelesen«, sagte Christen, und die anderen schüttelten die Köpfe und murmelten: »Wir auch nicht.«

»Das nächste Buch von ihr wäre eure Geschichte gewesen!«

»*Deine* meinst du, Marianne?«, fragte er zurück.

Da wurde Joanna fast wahnsinnig vor ohnmächtiger Wut. Sie hielt das Buch hoch wie eine Trophäe, zerrte daran herum, riss einzelne Seiten in Bündeln heraus, warf sie hoch, dass sie im ganzen Raum verstreut zu Boden segelten.

»Wie hätte euch das gefallen, wenn alle Leute erfahren, was sich hier in Hilzay wirklich abgespielt hat?« Sie ließ das Buch fallen und zertrampelte es mit den Füßen. »Wenn sich die Leute das Maul über euch zerreißen?« Ihr Lachen war ein Schreien. Ihr Publikum stand peinlich berührt daneben, der Ausbruch einer Verzweifelten konnte keinem Genugtuung verschaffen.

Sonja konnte es nicht länger mit ansehen, ging dazwischen, hielt Joanna fest und redete auf sie ein: »Hören Sie endlich auf!«

Joanna legte die Hände vor ihr Gesicht.

»Waren nicht Sie es, die ihren Nachbarn einen Mord in die Schuhe schieben wollten, um sich für sechs Jahre Gefängnis zu rächen?«

»Oh, Sie sind ja gut informiert. Dann kennen Sie auch sicher Helmuts Motiv?«

»Hat er denn eines?«

»Und ob. Fragen Sie ihn doch mal nach seiner Tochter. Nach der lieben Toni«, stieß Joanna hervor und nahm die Hände herunter.

Sonja sah Helmut Christen fragend an.

»Was soll mit ihr gewesen sein?«, meldete sich Holger Grams zu Wort und stellte sich vor ihn.

»Ach, das ist so lange her«, wehrte Peter Bastian ab, »wen interessiert das heute noch?«

»Mich«, sagte Sonja, »warum haben Sie Joanna erst nach

einem halben Jahr angezeigt? Warum nicht sofort?«

»Man konnte es nicht beweisen.«

»Dass es kein Brand war, sondern Brandstiftung?«

»Ja. Nur *wir* haben es gewusst. Immer gewusst, aber wir haben geschwiegen. Wissen Sie, wir leben seit vielen Jahren zusammen hier, seit Generationen, wir gehören zusammen, wir halten zusammen, was immer auch passiert. Es war ein Fehler zu schweigen, das müssen Sie uns nicht sagen. Aber wenn Sie Mariannes Eltern gekannt hätten und von ihrem Leben gewusst hätten. Sie hatte nichts zu lachen zu Hause. Sie hätten sie nie fortgehen lassen, sie hätten sie von überall wieder zurückgeholt. Sie war das einzige Kind, sie sollte für sie arbeiten, als sie es nicht mehr konnten. Er war ein Tyrann und seine Frau spielte ihm zu. Marianne hatte keine Chance. Sie waren Alkoholiker. Er schlimmer als sie. Aber wenn sie beide getrunken hatten, hörte man sie schreien und toben, alles zerschlagen und Marianne musste am nächsten Morgen alles wieder aufräumen. Zum Schluss konnten sie den Gasthof nicht mehr halten. Und niemand ging mehr in die *Krone*, weil sie alle anpöbelten. Sie waren auch betrunken, als es passierte. Sie haben es wahrscheinlich nicht einmal bemerkt.«

»Wir haben Marianne nach dem Brand bei uns aufgenommen«, fuhr Helmut Christen zaghaft und mit hohler Stimme fort, »sie hatte alles verloren. Und es war eine Verzweiflungstat, und sie war doch noch so jung und unselbstständig. Und unsere Toni und sie waren die besten Freundinnen. Aber nach einem halben Jahr bekam Marianne einen Haufen Geld von der Versicherung. So viel Geld hatte sie noch nie gehabt. Und als unsere Toni den Heinz Kierdorf kennen lernte, ein lieber Kerl, da hat Marianne ihn überredet, mit ihr nach Aachen zu gehen. Mit all dem Geld, kein Kunststück. Sie ging nach Aachen, und er ging mit, des Geldes wegen, geliebt hat er unsere Toni. Da sind wir ganz sicher. Es war nur das Geld. Das Geld hat ihn verführt.«

»Ich musste ihn nicht überreden«, rief Joanna dazwischen, »es fiel ihm leicht, die Wahl zwischen mir und Toni zu treffen.«

»Nein«, sagte Helmut Christen mehr zu sich selbst, als zu den anderen, »er hat es nur wegen dem Geld getan.«

»Und Toni?«, fragte Sonja.

Gabriele Christen brach in Tränen aus und sank in sich zusammen, ihr Mann stützte sie mit seiner rechten Hand. Die Linke ragte hilflos in die Luft.

»Toni konnte es nicht verwinden. Ihre beste Freundin und ihre erste große Liebe. Das war zu viel für sie ... sie hat Tabletten genommen ... Schlaftabletten ... sie hat sich das Leben genommen. Das konnten wir Marianne nicht verzeihen. Das nicht. Wir haben alle zusammen darüber gesprochen, tagelang, wochenlang, über nichts anderes, und dann haben wir beschlossen sie anzuzeigen.«

Sonja zuckte zusammen. »Selbstmord?«, fragte sie ungläubig.

Die beiden Christens nickten flehend, als wäre es gerade erst geschehen.

»Ja, das ist nämlich der Punkt«, mischte sich Joanna ein, »niemand sollte jemals erfahren, dass Toni sich in Wirklichkeit das Leben genommen hat. Welche Schande aber auch für die Familie! Das war unser Dorfgeheimnis! Das wissen nur wir hier in Hilzay, sonst niemand. Man sprach von Herzversagen, offiziell. Herzversagen, dass ich nicht lache! Aber ja, das war es wirklich.«

»Und Julia Kirschbauer hätte alles noch einmal vor ihren Augen ausgebreitet«, sagte Sonja mehr zu sich selbst und versuchte sich vorzustellen, ob die Christens in der Lage gewesen wären, das auszuhalten. Sie waren schon jetzt am Boden zerstört.

»Nun kommen Sie ins Grübeln, nicht wahr? Es ist ein verdammt gutes Motiv oder nicht?«, triumphierte Joanna.

»Ja«, sagte Sonja leise und wartete immer noch auf einen Kommentar von Helmut Christen, der mit seiner weinenden Frau einfach schweigend den Raum verließ. Er konnte plötzlich ohne Hilfe gehen, und so viel wie heute hatte er sicher lange nicht mehr geredet.

Aber als er später allein zurückkam und den Schlüssel brachte, stellte Sonja fest, dass er nicht auf das Schloss passte.

»Dann hätten Sie also beide ein gutes Motiv, Julia Kirschbauers neues Buch zu verhindern und einander zu vernichten«, sagte sie, und ihre Stimme war belegt.

»Welches wiegt wohl schwerer?«, fragte Joanna und warf die Haare zurück.

»Sechs Jahre Gefängnis sind eine lange Zeit, das kann man nicht vergessen.«

»Den Selbstmord der einzigen Tochter wohl auch nicht. Sie haben keine Beweise, Frau Hauptkommissarin. Das müssten Sie doch wissen, ohne Beweise läuft gar nichts.«

»Aber ich habe Zeit. Wir können alle hier im Dorf geschlossen in U-Haft nehmen. Alle in eine Zelle. Zumindest für achtundvierzig Stunden, bis dahin ist Julia Kirschbauer sicher in der Lage, eine Aussage zu machen.«

Plötzlich stieß Bettina sich von der Wand ab, als könnte sie es nicht mehr ertragen.

»*Sie* hat es getan«, schrie sie, »*Sie* hat Julia Kirschbauer in den Schuppen gesperrt. *Sie* war es. Die anderen, sie haben nichts damit zu tun. *Sie* war es. *Sie* ganz allein!«

Und es sah aus, als hätte sie das erste Mal in ihrem Leben Mut. Sie zitterte, und ihre Stimme kippte immer wieder um. Sie hatte lange geschwiegen, zu viel für sich behalten, viel zu viel für ein Kind. Und jetzt setzte sie alles auf eine Karte. Joanna sprang auf, lief hinüber zu ihrer Tochter, schüttelte sie wie besessen und zwang sie in die Knie, schleuderte sie zu Boden, ihr Kopf schlug gegen die Wand, und setzte einen Fuß hart auf ihr Bein. Sonja wollte gerade einzugreifen, aber dann wurde Joanna wieder ruhiger.

»Setz dich gefälligst hin und halt den Mund. Wie kannst du es wagen. Hast du vergessen, dass ich deine Mutter bin?« Und zu Sonja gewandt erklärte sie: »Sie ist durcheinander, sie weiß nicht, was sie sagt. Und außerdem war sie gar nicht dabei. Achten Sie nicht auf sie. Sie ist ein Kind. Sie redet Schwachsinn, wenn es so wäre, hätte ich sie dann aus dem Schuppen geholt hier in mein Haus, um sie zu retten? Was redest du da? Ich bin deine Mutter!«

Zorn stand plötzlich in der Tür, mit dickem Schnee auf den Schultern, den schwarzen Lackschuh in der Hand, auf den alle sahen. Sonja klärte ihn auf, leise murmelnd.

»Gehst du mit Bettina hinaus?«, flüsterte sie und er nickte. Er legte seine Hand auf Bettinas Schulter, beugte sich zu ihr herab, sprach mit ihr und schob sie vorsichtig hinaus. Bettina warf einen letzten Blick zu ihrer Mutter. Sonja wartete, bis Zorn zog die Tür hinter sich zugezogen hatte.

»Und wie ging es nach der Anzeige weiter?«, fragte Sonja und richtete die Frage an Joanna.

»Wie ging es schon weiter? Natürlich wurde ich ins Gefängnis gesteckt. Das hatten sie ja gewollt. Sechs Jahre lang. Sechs jämmerliche Jahre lang. Aber der gute Heinz Kierdorf hat brav auf mich gewartet. Wir haben geheiratet, und zwei Jahre später kam Bettina. Heinz war ganz okay für den Anfang, aber er hat sich nicht so entwickelt, wie ich es mir vorgestellt hatte. Er war und blieb ein einfacher Bauernsohn. Und als dann die Kneipe in Aachen nicht so gut lief, wie sie sollte, und ich beschloss nach Hilzay zurückzukehren, da hat er gekniffen. Wahrscheinlich hat er Tonis Tod nie verwunden, was weiß ich. Oder er schämte sich für das, was er getan hatte. Er war ein Schwächling, weiter nichts. Ich habe alles in Aachen verkauft – es lief alles auf meinen Namen – und bin mit Bettina zurück nach Hilzay gegangen. Ich konnte nicht ahnen, dass er sich deswegen gleich das Leben nehmen würde.«

»Sagten Sie nicht, Ihre Ehe wäre gescheitert?«

»Ist das nicht dasselbe?«

»Und dann kam sie nach Hilzay zurück«, Sonja wandte sich an die Hilzayer, »und Sie haben Marianne Kierdorf wieder aufgenommen?«

»Wir haben sie nicht wieder *aufgenommen*, wie Sie das nennen«, wehrte Peter Bastian sich und erklärte stockend, »sie war auf einmal wieder da. Was sollten wir tun? Der Gasthof gehörte ihr schließlich, wer sollte sie daran hindern, sich hier niederzulassen? Sie hatte ihre Strafe verbüßt. Es war ihr Recht neu anzufangen. Aber wir haben nie miteinander gesprochen, und wir sind nie in die *Krone* gegangen. Wir haben hier mit ihr gelebt, das war alles, und das war schwer genug.«

Tür an Tür mit dieser Frau zu leben, musste die Hölle gewesen sein für sie, ein Leben unter ihrem lauerndem Blick. Joanna, in fühlbarer, drohender Nähe, die nur auf eine Gelegenheit wartete, sich zu rächen. Sicher hatten Holger Grams und die beiden Bastians es geschafft, Joanna zu ignorieren, aber doch nicht Helmut und Gabriele Christen!

»Sie kamen, um abzurechnen?«

»Ist das nicht normal?«, fragte Joanna. »Damals hatte ich noch keine genaue Vorstellung, wie, aber ich war sicher, dass sich eine Gelegenheit bieten würde, wenn ich erst einmal hier wäre. Und wie immer im Leben gab es einen Zufall. Ende September kam besagter Brief, der alles ins Rollen brachte. Als ich in einer Buchhandlung in Trier nach Büchern von Julia Kirschbauer Ausschau hielt, um mir ein Bild von ihr zu machen, erfuhr ich vom Buchhändler, dass gerade ein neues Buch von ihr erschienen wäre.«

Joanna zeigte auf die Papierfetzen am Boden.

»*Tod im Schnee.* Und die Autorin würde Anfang November in Trier eine Lesung veranstalten, sagte er. Vor zwei Wochen sah ich dann die Ankündigung im Fenster der Buchhandlung hängen. Was wollte ich mehr? Zwei Wochen waren genug Zeit für einen Plan.«

Ihre Augen hatten wieder den fanatischen Glanz, sie fixierten einen Punkt, sahen in eine Ferne, die es nicht gab, und waren voller Träume und Hoffnungen.

»Es war ein guter Plan«, fuhr sie fort, »ich habe an alles gedacht. Und es haben ja auch alle mitgemacht. Auf ihre Weise. Der Portier vom Hotel *Panorama*, der Tankwart Bruno Mathey, der Antiquitätenhändler, Tim Müller, Frank Zündorf und Markus Giesen. Sie haben alle irgendwo eine Leiche im Keller, nicht wahr? Ja, jeder, Frau Hauptkommissarin, in der Tat. Ich musste nur herausfinden, wo. Der Portier vermietet Zimmer auf eigene Rechnung. Der Tankwart fälscht Schadensgutachten. Der Antiquitätenhändler kauft zollfrei ein.«

»Und Markus, Frank und Tim?«

»Die brauchten einfach nur Geld. Die würden für Geld alles tun.«

»Und Norbert Zehren?«, fragte Sonja.

»Ach, Norbert Zehren«, sagte Joanna, »den hätte ich beinah vergessen. Das war vielleicht ein seltsamer Kauz. Er war auch hinter Julia Kirschbauer her, ich weiß nicht, warum. Hier in meinen Gasthof ist er gekommen, am gleichen Abend wie sie. Aber ich war schneller. Ich hab sie ihm vor der Nase weggeschnappt. Tagelang hat er danach hier herumgeschnüffelt und sie gesucht.«

»Und da haben Sie ganz einfach die drei Jugendlichen mit einem Traktor auf ihn gehetzt?«

Die Hilzayer erstarrten, aber Joanna verzog keine Miene.

»Wollen Sie nicht wissen, wie es ihm geht?«

Joanna zuckte mit den Schultern.

»Er liegt halbtot im Krankenhaus«, sagte Sonja, »wissen Sie, wo der Jeep steht?«

»Ich glaube nicht, dass er ihn noch brauchen wird.«

»Sie sind zu voreilig. Wo steht er?«, wiederholte Sonja.

»Da, wo er steht, steht er gut.«

»Wo?«

»Drüben im Gilzemer Busch, unter einem Heuhaufen.« Joanna lächelte versonnen, aber dann verzog sie das Gesicht, spielte auf einmal die enttäuschte, verratene Mutter: »Wenn Bettina jetzt nicht die Nerven verloren hätte, dann wäre alles glatt gelaufen. Unfassbar. Die eigene Tochter. Wie konnte sie nur?«

»Sie waren damals auch die eigene Tochter«, sagte Sonja.

»Wollen Sie damit sagen, dass sich alles im Leben rächt? Hatten Sie einen Schnellkurs in Psychologie, Frau Hautkommissarin?«

»Nein«, sagte Sonja, »aber an einem bestimmten Punkt spielen Verwandtschaftsverhältnisse keine Rolle mehr.«

»Sie müssen es ja wissen.«

»Warum haben Sie Julia Kirschbauer überhaupt aus dem Schuppen geholt. Sie hätten sie doch dort liegen lassen können. Helmut Christen wäre doch verdächtigt worden. War es nicht das, was sie wollten?«

»Doch, natürlich wollte ich das. Aber *Sie* waren zu früh. Als Sie sagten, dass Sie die nähere Umgebung durchsuchen wollten, wusste ich, dass Sie den Schuppen finden würden und damit Julia Kirschbauer. Es war einfach noch zu früh dafür.«

»Zu früh?«

»Ja. Die Polizei war einfach zu schnell. Das hat man ja sonst eher selten.«

»Ja«, sagte Sonja nachdenklich, »Julia Kirschbauer war noch nicht tot.«

»Genau, ich mache keine halben Sachen.«

»Ihre Eltern, Toni Christen, Ihr Mann und jetzt beinahe Julia Kirschbauer«, zählte Sonja auf, »wehe dem, der Ihren Weg kreuzt.«

Joanna lächelte stolz: »Vielleicht wäre es sicherer, es nicht zu tun«, und es hörte sich wie ein Spiel an, ein Spiel, das sie ein Leben lang gespielt hat und ein Teil ihrer selbst geworden war.

Auf einmal wusste Sonja, woran Joannas Parfüm sie erinnerte: an verbrannte Erde, an eine tödliche Spur.

»Aber«, Joanna reckte sich plötzlich und breitete die Arme weit aus, »ich komme wieder. Es wird Zeit für die Außenrenovierung. Die *Krone* hat es nötig. Sie ist so spießig von draußen. Grässlich. Ich weiß schon sehr genau, wie es werden wird. Ich werde sie *Havanna Moon* nennen, neon-blaue Schrift auf schwarzem Grund.«

Und dann lachte sie schallend in die entsetzten Gesichter der Hilzayer.

»Sie können sie nennen, wie Sie wollen. Aber Sie werden nie wieder eine Lizenz bekommen.«

Doch irgendwie konnte sich Sonja vorstellen, dass Joanna eines Tages wieder hier sein und im *Havanna Moon* stehen und Gläser spülen würde. Auch wenn *Havanna Moon* kein Gasthaus mehr wäre.

Und für einen Moment hörte sie auch wieder die Dire Straits und *Brothers in Arms.*

Als Bartmann endlich eintraf, tief verhüllt gegen Kälte und Schnee, und Miroslav an seiner Seite, mit rosa Wangen, vom Eifer oder dem Frost, zeigte Sonja nur auf Joanna und wollte wortlos hinausgehen.

»Aber ...«, Bartmann hielt sie zurück und griff nach ihrem Arm.

»Was wollen Sie?«, schnaubte Sonja zurück, »der Fall ist gelöst. Das Opfer lebt und die Täterin steht vor Ihnen. Und die Frist habe ich auch eingehalten. Der Jeep von Norbert Zehren steht im Gilzemer Busch. Jetzt sind Sie dran. Alles klar?«

»Ja, aber ...« Bartmann schien nicht zu verstehen, so hatte er sich das Ende der Veranstaltung nicht vorgestellt, keine Chance für einen großen Auftritt weit und breit.

19. Kapitel

Zorn und Bettina standen draußen im Schnee vor der Gasthoftür und redeten leise miteinander. Er hatte den schwarzen Lackschuh auf die Fensterbank gestellt. Sonja steckte die Plastikhand aufrecht hinein.

»Es ist mit den Göttern da oben immer das Gleiche, sie rächen sich an den Unschuldigen der Welt«, fluchte Zorn, als er Sonja sah.

Sonja und Bettina setzten sich ins Auto, in dem Max geduldig wartete. Sie sahen zu, wie Zorn Schnee von den Scheiben schob, mit dem Unterarm, ungestüm, wie alles, was er tat. Und Schnee landete auf seiner Jacke, seiner Hose, überall. Und so wie er war, setzte er sich neben Sonja.

»Ich mag Schnee«, sagte er, »er verdeckt alle Spuren und wir haben nichts zu tun.«

»Nicht alle«, sagte sie gedankenverloren, und er lächelte, ganz nah an ihrem Gesicht und legte den nassen Arm auf ihre Lehne. Schnee lag auf seiner Igelfrisur, der sofort schmolz und als Wasser über seine Stirn in seine Augen lief wie Tränen.

Sonja klärte Zorn über alle Details auf, die ihm entgangen waren, während er mit Bettina draußen gewartet hatte. Auch Bettina hatte ein Recht alles zu wissen. Sonja sprach leise und ruhig und sie hoffte, dass sie damit den Geschehnissen die Schärfe nehmen konnte. Bettina saß schweigend auf dem Rücksitz. Sie malte mit dem Zeigefinger Kreise und Kreuze auf die beschlagene Scheibe. Sie war ganz ruhig und Sonja dachte, dass sie alles gewusst haben musste.

»Hast du Verwandte? Eine Tante, einen Onkel?«, fragte Zorn sie ohne sich herumzudrehen. Sonja sah im Rückspiegel, dass sie den Kopf schüttelte. Sie hatte niemanden, jetzt nicht mehr.

»Dann werden wir dich mit nach Trier nehmen«, sagte Sonja.

»Ich komme in ein Heim, nicht wahr?«, fragte Bettina.

»Wenn du möchtest, werden wir eine Pflegefamilie für dich

finden. Aber das wird ein bisschen dauern.«

»Nein«, sagte Bettina schnell und bestimmt, »ein Heim. Das ist schon in Ordnung. Keine Familie. Bitte.«

Sonja und Zorn schwiegen betreten. Es wäre zu einfach, ihr zu sagen, dass es ein Neuanfang sein könnte, ein Chance, dass sie Freundinnen finden könnte und das alles gut werden würde. Was, wenn das nicht stimmen würde?

»Kommt der Hund auch in ein Heim?«, fragte Bettina leise.

Max, der sich fest an Sonjas Bein drückte, sah von einem zum anderen.

»Nein, den nehme ich mit nach Köln zu den Kirschbauers«, sagte Zorn.

»Oh nein, nicht zu der alten Schachtel«, protestierte Sonja.

»Stimmt. Sie wird ihn nicht wollen, sie will niemanden im Haus haben, außer ihren geliebten Bruder.«

»Ich werde Max behalten, bis Julia Kirschbauer wieder nach Hause kann«, entschied Sonja und strich über Max' Kopf, »er hat sich bewährt.«

»Keiner hat es ihm zugetraut. Er ist nicht gerade das Paradebeispiel eines Polizeihundes.«

»Sind wir etwa Paradebeispiele?«

»Ich finde, ja«, sagte er, und als er sich nach Bettina umsah, sah er ein Lächeln auf ihrem Gesicht.

Bartmann und Miro kamen aus dem Gasthof, Joanna ging zwischen ihnen. Bartmann machte Sonja ein Zeichen, den Daumen nach oben.

»Hast du das gesehen?«, fragte sie Zorn ergriffen und legte eine Hand auf seinen Arm. »Träume ich?«

»Nein. Fakt ist doch, dass er den Fall zeitnah, kostenneutral und kundenorientiert gelöst hat.«

»He?«

»Fünf Tage, eine einzige Einsatzkraft, denn ich stehe nicht auf seiner Gehaltsliste, und null Leichen.«

»Ich dachte, wir wären das gewesen.«

Zorn winkte ab, dann fragte er sie: »Was wirst du jetzt tun?«

»Ich werde ein paar Tage schlafen, nur schlafen. Mir fehlen ein paar Stunden. Und wenn Norbert Zehren und Julia Kirschbauer vernehmungsfähig sind, feiern wir ein Fest. Ich freue mich schon auf die Gegenüberstellung.«

»Ja, und auf Christines zischende Stimme.«

»Ich möchte sehen, wie sie ihre Koffer packt.«

»Also sehen wir uns in Köln?«

»Aber sicher.«

Der Leichenwagen hielt lautlos neben ihnen. Der Fahrer stieg aus, mit routiniert sorgenvollem Gesicht und in Gedanken an ein gutes Geschäft. Er ahnte nicht, dass er umsonst gekommen war.

»Ach ja«, sagte Zorn und stieg mit einem langen Seufzer aus. Er ging um den Polo herum und bückte sich, klopfte gegen die Scheibe auf der Fahrerseite, und als Sonja nicht öffnete, rief er laut: »Wie lange dauert ein Lebensabschnitt?«

Sonja lächelte. Dann warf sie den Motor an, es war Zeit zu verschwinden. Sie sah Zorn im Rückspiegel zu seinem blauen Ford gehen, der am Dorfeingang stand. Er ging langsam und schob mit den Schuhen den Schnee vor sich her, die Hände in seinen Manteltaschen vergraben.

Sie konnte nicht einfach so wegfahren, stellte sie fest, hielt den Polo an und wartete, dass er sie einholte. Als er neben ihr stand, stieg sie aus und lächelte ihn übers Autodach hinweg an: »Zorn, Sie waren ein toller Arbeits...abschnitts...gefährte. Danke.«

Er fuhr sich verlegen mit der Hand über den Kopf und zog die Stirn in Falten.

»Immerhin.«

* * *

Sonja brachte Bettina ins Präsidium. Die junge Karen Berner, die neue Psychologin, nahm sie in Empfang. Sie war behutsam und nicht aufdringlich.

»Wir könnten uns mal treffen«, schlug Sonja vor, als sie sich von Bettina verabschiedete, »wenn du möchtest.«

»Ja«, sagte Bettina.

»Soll ich Max mitbringen?«

»Ja.«

»Gut. Dann machen wir das.«

Als Sonja sich im Treppenhaus noch einmal nach ihr umsah, kam sie ihr nicht mehr so klein und zerbrechlich vor.

* * *

Unten in der Lindenstraße vor ihrer Haustür stand Jerome, Gott sei Dank, und Balzac hockte auf seinen Schultern. Jerome schaufelte Schnee und ließ den Besen fallen, als er sie sah.

»Woher kommst du?«

»Aus der Hölle«, sagte Sonja.

»Und was will dieser ... Hund hier?«

Balzac schleuderte misstrauische Blicke auf Max, den heimatlosen Waisen, der seine Pfoten jetzt ordentlich vor der Türschwelle aufreihte, um zu beweisen, dass er sehr wohl WG-tauglich wäre, wenn man ihn ließe.

»Was wohl?«

»Du wirst mir nicht nach jedem Fall ein Tier mitbringen, oder? Warum bringst du nicht Geschenke mit wie andere Leute, Souvenirs, Raritäten, was weiß ich?«

Max ist ein Souvenir und eine Rarität, dachte Sonja, und eine arme verlorene Seele, und sie hatte eine besondere Schwäche für arme, verlorene Seelen.

»Tritt ein ... Voltaire«, sagte Jerome nach einer Weile, nach der Zeit, die er brauchte, um einen »vernünftigen« Namen für ihn zu finden, und Balzac fauchte mit gelben Augen und einem unübersehbaren Buckel.

Oben räumte Jerome eine Ecke auf dem Sofa für den neuen Hausgenossen von Büchern, von Zeitschriften und Pullovern frei. Da Voltaire nicht bellen konnte und *Kitekat* und *Brekkies* mochte, konnten Jerome und Balzac, die beiden Hundehasser, ihn genau so gut für eine Katze halten, wenn sie sich etwas Mühe gäben.

»Ach, was ich sagen wollte«, begann Jerome beiläufig, kam auf Sonja zu und legte beide Hände auf ihre Schultern, »ich habe einen neuen Job.«

»Und wohin wirst du gehen?«, fragte sie und war enttäuscht. Nach allem was geschehen war, hatte sie gehofft, er würde sie eine Zeitlang nicht allein lassen, und es würde nicht so weitergehen mit ihnen wie bisher. Auch darum hatte sie Zorn ziehen lassen. Alles umsonst? Hatte er sich nicht verabschiedet, um eine Lösung zu suchen?

»Nicht weit«, sagte er und er strich ihr die Haare aus der Stirn, »nur in die Weimarer Allee, ins Rheinische Landesmuseum. Ich habe einen Dreijahresvertrag. Ich werde nicht reisen müssen. Danach werden wir weitersehen.«

»Ja. Das werden wir.«

Und auf einmal war alles ganz einfach.

KBV-KRIMI

Carola Clasen

Tot und begraben

KBV-Krimi Nr. 108
Taschenbuch, 240 Seiten
ISBN 3-937001-03-4

Von einem Tag auf den anderen kostet eine Beerdigung im kleinen, beschaulichen Eifelort Oberprüm nur noch die Hälfte. Kein Wunder, dass die Konkurrenz den Leichenwagen von nun an nicht mehr aus den Augen lässt. Die Bestatter Paul und Peter Schlangensief haben offensichtlich eine todsichere Geschäftsidee entwickelt, dank derer sie allen anderen eine Nasenlänge voraus sind. Zur gleichen Zeit gibt der einsame Witwer Wilden eine Heiratsannonce auf. Als er endlich einen Brief und ein Foto erhält, verliebt er sich Hals über Kopf in die schöne Sybille. Sein Glück scheint perfekt. Doch dann geht es plötzlich mit seiner Gesundheit rapide bergab.

»*... die Handschrift macht Appetit auf mehr!*« (Das Magazin)

»*... die Crime Lady unter den Eifelkrimiautoren*« (Trierischer Volksfreund)

Carola Clasen

November-nebel

KBV-Krimi Nr. 93
Taschenbuch, 185 Seiten
ISBN 3-934638-93-7

Die Krimiautorin Julia Kirschbauer befindet sich nach einer Lesung in Trier auf einer einsamen nächtlichen Autofahrt nordwärts durch die Eifel.
Nebel ... Angst ...
Man sieht nicht einmal fünf Meter weit. Und dann sind da plötzlich diese grellen Scheinwerfer! Wenige Augenblicke später ist Julia Kirschbauer spurlos verschwunden.
Die Trierer Kommissarin Sonja Senger wird mit dem Fall beauftragt. Gemeinsam mit ihrem undurchsichtigen Kölner Kollegen Roman Zorn begibt sie sich auf die Suche nach der verschwundenen Autorin und entdeckt dabei verborgene Eifler Eigenarten, die selbst der dichte Novembernebel nicht zu verhüllen vermag.

»*Die Queen of Eifel-Crime*«
(Trierischer Volksfreund)

Carola Clasen

Das Fenster zum Zoo

KBV-Krimi Nr. 96
Taschenbuch, 201 Seiten
ISBN 3-934638-83-X

Als der Kölner Zoo am Morgen seine Pforten öffnet, hat die vergangene Nacht grausige Spuren hinterlassen: Im Käfig des Grizzly liegt die zerfetzte Leiche eines jungen Mannes. Der verstümmelte Körper gehört Ben Krämer, einem Fotografen, der im Zoo auf Tippvisite war.
Ist er aus Unachtsamkeit in die Fänge des Bären geraten?
Die Tierpflegerin Nelly Luxem scheint etwas zu verbergen zu haben, und der frisch pensionierte Kommissar und Zooliebhaber Lorenz Muschalik versucht ganz behutsam hinter ihr dunkles Geheimnis zu dringen.

»*Carola Clasen versteht es, mit den klassischen Versatzstücken des Kriminal- und Schauerromans zu spielen.*«

(Kölner Stadt-Anzeiger)

KBV-KRIMI

Ralf Kramp

Tief unterm Laub

KBV-Krimi Nr. 11
Taschenbuch, 256 Seiten
ISBN 3-934638-11-2

Ein alter Mann wird überfahren. Nur ein Unfall? Einige Zeit später kommt sein ehemaliger Zivi beim Sturz aus dem Fenster seiner Dachwohnung ums Leben. Selbstmord? Laurentius Bock, Besitzer eines kleinen Copy-Shops, wird unfreiwillig in den rätselhaften Fall hineingezogen. Zusammen mit Lindy, der Freundin des jungen Mannes, versucht er, die Hintergründe der seltsamen Geschehnisse aufzudecken. Die Spur führt in die Eifel, doch auch hier ist die Welt nicht mehr in Ordnung, und das schon seit vielen, vielen Jahren.

»... Wirklich gelungen ... Brillant ... Sehr gut!« (Jacques Berndorf)

»Kramps brillanter Krimi fesselt bis zur letzten Seite.«
(Das neue Buch / Buchprofile)

Ralf Kramp

Der neunte Tod

KBV-Krimi Nr. 44
Taschenbuch, 256 Seiten
ISBN 3-934638-44-9

Herbie Feldmanns dritter Fall. Er hütet das protzige Haus seiner Tante, und sein ständiger Begleiter Julius ahnt bereits Böses, als Herbie in jener kalten Winternacht einem Obdachlosen Asyl gewährt. Und er behält Recht. Tante Hettis Kostbarkeiten werden bei Nacht und Nebel gestohlen, und Herbie hat seine liebe Mühe, die teuren Stücke wiederzubeschaffen. Das kann er nur, wenn er den Landstreicher auftreibt. Der nennt sich »Mikesch«, wie der Kater, und glaubt, ebenso wie der, neun Leben zu haben und auch neun Tode. Und ganz plötzlich, auf schreckliche Weise, kommt schließlich auch der neunte ...

»... der lokale Meister des schwarzen Humors.« (Kölner Stadt-Anzeiger)

Ralf Kramp

Still und starr

KBV-Krimi Nr. 51
Taschenbuch, 185 Seiten
ISBN 3-934638-51-1

Marcus Mathei kehrt zurück. Aus seiner gescheiterten Ehe heraus flüchtet er in ein kleines Nest in der Eifel, kehrt zurück an die Stätte seiner Jugend. Dort sucht er Ablenkung vom drohenden Scheidungsdesaster, Erholung von der Stadt und Ruhe von seinem nervenaufreibenden Job in der Werbeagentur, der auf der Kippe steht.

Doch als er in das Dorf zurückkehrt, in dem sich sein Vater, der Dorfarzt, vor Jahren das Leben nahm, wird es nicht nur eine Reise in seine eigene Jugend auf dem Land.

Alles deutet darauf hin, dass mit seiner Rückkehr auch der Tod Einzug in das Dorf hält. Die übel zugerichtete Leiche eines Bahnarbeiters wird gefunden, und es sieht ganz so aus, als würde dies nicht der einzige Tote bleiben.

KBV-KRIMI

Egon Olsen

Heideblues

KBV-Krimi Nr. 149
Taschenbuch, 196 Seiten
ISBN 3-937001-66-2

Der eitle Musikmanager Dr. Günther Didier hat jede Menge Feinde in der Haifischbranche. Dass ihm ausgerechnet in der Abgeschiedenheit seines Landsitzes jemand den Schädel einschlagen würde, hätte aber niemand gedacht.

Tatort ist das malerisch gelegene Gut Eichenhof in der winterlichen Lüneburger Heide, auf dem der Ermordete ein Trüppchen illustrer Gäste aus dem Showgeschäft um sich versammelt hatte. Unter ihnen ist der chronisch abgebrannte Songschreiber Paul Nickel. Auch für ihn erweist sich die Landluft als äußerst ungesund: Nicht nur, dass ihn ständig ein Trecker zu überfahren versucht, er gerät er auch noch unter Mordverdacht. Nickel muss die Sache notgedrungen selbst aufklären und entwickelt dabei eine unkonventionelle Methode ...

Carola Clasen

Schwarze Schafe

KBV-Krimi Nr. 147
Taschenbuch, 228 Seiten
ISBN 3-937001-64-6

In der Tierwelt blöken, fressen und vermehren sie sich innerhalb der Herde wie alle ihre Artgenossen, und ihre Fellfarbe ist nur eine Laune der Natur.

Bei den Menschen allerdings verhält es sich etwas anders: Äußerlich meist völlig unauffällige Einzelgänger treiben ihr grausiges Unwesen oft jahrelang unentdeckt und werden nur selten und durch Zufall von den Hütern des Gesetzes aufgespürt und ausgebremst. Mehr als zwei Drittel aller Morde, die diese schwarzen Schafe auf dem Gewissen haben, sind Beziehungstaten. Kein Wunder also, dass es da alle treffen kann, Brüder, Schwiegermütter, Ehemänner, Kollegen, Freunde, Liebhaber ...

Zwanzig bitterböse Geschichten aus der Feder einer Dame, die literarisch versiert zu morden versteht.

F.G. Klimmek

Des Satans Schatten

KBV-Krimi Nr. 144
Taschenbuch, 288 Seiten
ISBN 3-937001-61-1

Lange hat es Frederik von dem Kerkhof nicht in seinem holländischen Exil gehalten.

Es gilt, in Crange eine Dankesschuld abzutragen, die ihn zwingt, einen Mord aufzuklären, der nach menschlichem Ermessen nicht von einem Sterblichen begangen worden sein kann.

Damit betritt unser Held erneut ein mittelalterliches Szenario aus Tod, Intrige und Verrat von ungeahnter Dimension; denn der Ermordete war damit befasst gewesen, dem spurlosen Verschwinden ganzer Familien nachzuspüren.

»Klimmek fabuliert munter und in einer süffigen, plastischen Sprache, die in ihrer Mischung spätmittelalterlicher Prallheit und neuzeitlicher Coolness immer wieder einen Hang zur Parodie durchblicken lässt.«
(GIG, Münster)

KBV-KRIMI historisch

Ralf Kramp

...denn sterben muß David!

KBV-Krimi Nr. 82
Taschenbuch
229 Seiten

801 nach Christus. Karl der Große ist in Rom zum Kaiser gekrönt worden und befindet sich auf der Rückreise in seine Heimatpfalz Aachen. Zur gleichen Zeit werden in der Eifel einige ruchlose Morde verübt. Die Täter sind kahlgeschoren und grausam. Ihre Losung lautet: "...denn sterben muß David!"
Es geht um gefälschte Schriftstücke und um eiskalte Rache, und ihre blutige Spur führt nach Aachen, wo der Kaiser erwartet wird. Nur einer hat ihr Tun beobachtet: Enno, ein Eifeler Bauernjunge, den man fälschlicherweise des Mordes bezichtigt.
Kann er sie aufhalten?

»Kein Werk, das nur eine trockene Historie behandelt. Im Gegenteil, eine auf über 220 Seiten empfehlenswerte, spannende Geschichte.«
(Blickpunkt)

Jürgen Ehlers

Mitgegangen

KBV-Krimi Nr. 135
Taschenbuch
390 Seiten

Düsseldorf, Februar 1929. Am Zaun einer Großbaustelle wird die Leiche eines kleinen Mädchens gefunden. Gewürgt, missbraucht, erstochen, mit Petroleum übergossen und angezündet.
Kommissar Wilhelm Berger sieht sich rasch mit einer ganzen Reihe brutaler Überfälle auf Männer, Frauen und Kinder konfrontiert. Ist hier ein Wahnsinniger am Werk? Ein Verdächtiger wird schließlich gefasst und gesteht alles. Doch die grausamen Morde gehen weiter.

Jürgen Ehlers zeichnet in diesem Roman das bizarre Bild des triebhaften Serientäters Peter Kürten, der unter dem Namen »Der Vampir von Düsseldorf« in die Kriminalgeschichte einging.

F. G. Klimmek

Der Raben Speise

KBV-Krimi Nr. 89
Taschenbuch
356 Seiten

1534 - Die Wiedertäufer haben den Bischof aus Münster vertrieben und die Herrschaft übernommen. Wüste Exzesse sind an der Tagesordnung, und der Bischof sieht sich gezwungen, die eigene Stadt zu belagern. Umso härter trifft ihn die Nachricht, dass ein Geldbote unterwegs getötet worden und seine Fracht verschwunden ist.
Wieder einmal soll es Frederik von dem Kerkhof richten, Spion und professioneller Mörder im fürstbischöflichen Dienst. Der stößt bei seinen Nachforschungen gleich auf mehrere Verschwörungen.

»Es ist ein Riesenspaß, wie genau er das Lokalkolorit und die historischen Fakten nachzeichnet.«
(Westfälischer Anzeiger)